Sacrificios humanos

VOCES / LITERATURA

COLECCIÓN VOCES / LITERATURA 307

Nuestro fondo editorial en www.paginasdeespuma.com

María Fernanda Ampuero, *Sacrificios humanos*
Primera edición: marzo de 2021
Tercera edición: noviembre de 2022

ISBN: 978-84-8393-289-6
Depósito legal: M-31970-2020
IBIC: FYB

© María Fernanda Ampuero, 2021
    Los derechos de la obra han sido cedidos mediante acuerdo con
    International Editors' Co. Agencia literaria
© De esta portada, maqueta y edición: Editorial Páginas de Espuma, S. L., 2021

Editorial Páginas de Espuma
Madera 3, 1.º izquierda
28004 Madrid

Teléfono: 91 522 72 51
Correo electrónico: info@paginasdeespuma.com

Impresión: Cofás

Impreso en España - Printed in Spain

María Fernanda Ampuero

Sacrificios humanos

PÁGINAS DE ESPUMA

ÍNDICE

A Pablo

Escribir es también bendecir una vida
que no ha sido bendecida.

Clarice LISPECTOR

BIOGRAFÍA

QUÉ IMPRUDENTE, qué loca, dirán, pero quisiera que me vieran sin documentos en un país extranjero contando y alisando los pocos billetes para poder pagar la habitación y comprar una barra de pan y un café solo. La desesperación e internet se juntan, se montan, paren crías monstruosas, barbaridades.

En las páginas de búsqueda de empleo escribía todas las opciones de trabajo que le podían dar a alguien como yo.

Limpiar, cuidar, cocinar, lavar, coser, vender, repartir, clasificar, recolectar, apilar, reponer, cultivar, atender, vigilar.

Llamaban y preguntaban de inmediato por los papeles.

—Estoy tramitando mi permiso de residencia.

—Llámenos cuando lo tenga.

—¿Papeles en regla?

—Todavía no.

—Aquí no empleamos ilegales.

Así todos los días.

La angustia me trepaba por el cogote como una criatura negra, helada, crujiente, con aguijón. ¿Conocen a ese animal? Es difícil explicar cómo hace su nido en tu espalda. Es como morir y quedar viva. Como intentar respirar debajo del agua. Como estar maldita.

En estas circunstancias escribir es la cosa más inútil del mundo. Es un saber ridículo, un lastre, una fantochada. Escribana extranjera de un mundo que la odia.

Una tarde después de no sé cuántos anuncios para ofrecerme como cuidadora, niñera, limpiadora, cocinera y escuchar que sin papeles no, que no empleaban ilegales, decidí publicar una ridiculez.

¿Crees que tu historia es digna de un libro pero no sabes cómo contarla? ¡Llámame! ¡Yo escribiré tu vida!

No pensé que ese mensaje, con sus signos de exclamación, fuera a interesarle a nadie.

A la hora sonó mi teléfono. Número desconocido.

–Tengo una historia que el mundo debe conocer.

Se llamaba Alberto. Dijo que vivía en un pueblo del norte, que pagaría lo que le pidiera, que no podía darme más detalles por teléfono y que tendría que viajar al día siguiente si me interesaba el trabajo.

Después de un silencio que ninguno rompió, pedí mucho dinero porque esa voz me daba miedo, porque tendría que atravesar un país que no conocía y porque pensé que pagar esa cifra a una desconocida, a una extranjera desconocida, lo haría desistir.

–En este momento te envío una parte.

El que dejara de tratarme de usted me asustó. Esa familiaridad que a veces adoptan los hombres mayores y que no sabes si es porque te ven como a una hija boba, porque te quieren meter mano o por ambas cosas.

Al poco de ser inmigrante, mi jefe en el locutorio, el que decía que yo le recordaba a su niña allá en su país, había intentado violarme en una de esas cabinas de teléfono donde otros y otras como yo lloraban a sus muertos o consolaban a sus vivos. Al ver que me resistía, me estrelló la cabeza contra un teléfono. Con la boca llena de sangre me giré, grité, le escupí.

Salí corriendo semidesnuda por las calles recién lavadas y nadie llamó a la policía porque en ese barrio todos sabían que lo que de verdad castigaba la policía era estar sin papeles, no ser violador.

Mi jefe tenía los papeles en regla y la que estaba en problemas era yo.

Véanme, véanme. Corro calle abajo sin un zapato, la blusa abierta, el sostén roto, la falda arrebullada en la cadera.

Véanme, véanme. Grito como si hubiera escapado de una explosión, el fuego todavía prendido en el pelo, soltando al aire la chamusquina de la carne, los dientes tintados de sangre negra. Grito que me muero, que me matan.

Vean a mis vecinos, callados, a los lados de la calle. La procesión de Nuestra Madre de las Extranjeras, virgencita sin pompa, la que importa una mierda.

Lloré en la ducha con la sangre ensuciando el agua como en las películas y al día siguiente empecé a buscar otro trabajo. No cobré los días del locutorio.

Cuando el tal Alberto me envió el adelanto, una fortuna para mí, quise gritar de alegría, pero algo me dijo que no lo hiciera.

Las inmigrantes indocumentadas guardamos los billetes de colores desconocidos cerquita del pecho, los calentamos con el corazón como a hijitos. Así los hemos parido también, con un dolor que abre en dos, que el cuerpo no olvida.

Pensé hasta que me dolió la cabeza en mis opciones. Le pregunté a la mujer que me alquilaba un espacio en su salón para dormir, mi única conocida en la ciudad, mi compatriota, y me dijo que sí, que era peligroso, de hecho peligrosísimo, pero que peor era dormir en la calle.

—Vea mija, cuando se emigra uno sabe que va a lo peor, como a la guerra. Uno no emigra si va a andar con miedos. Apriete bien los dientes y apriete bien las piernas y haga lo que tenga que hacer: verá que ya mismo es primero de mes.

Ese día, con lo que envió el tal Alberto, me sentí humana por unas horas. Mandé dinero a casa, hablé por teléfono con mis padres y les dije que besaran a mi niña por mí, entré a un supermercado y compré carne y fruta fresca, me tomé un café sentada en la terraza de un bar como cualquier mujer.

Después el miedo me manguereó con su agua de ácido.

En casa comí asustada, como comen los perros callejeros. Por la noche me subí en un autobús rumbo al norte. En el camino, no sé a qué hora, me dormí.

Soñé que un pavo se había colado en el cuarto de mi hija y le estaba picoteando la mollerita. Supe de inmediato que el pavo era un demonio y que los demonios se alimentan de los pensamientos puros de los bebés. Quise gritar, pero no tenía boca. Los gritos resonaban en mi cabeza, todo por dentro, como una maraca, haciendo que el corazón me creciera y me creciera hasta casi no poder respirar. No tenía piernas. Tampoco tenía brazos para agarrar a mi bebé y llevármela lejos del pavo. No era una persona, era un ojo, un ojo que lloraba leche sanguínea, de teta infectada, sobre mi hija. El pavo se dio la vuelta, me miró. Su cara era mi cara. Me gritó corre.

—¡Corre!

Me desperté con mi propio grito y la mujer de al lado me miró con rabia y se cambió de lugar. Extranjera, pensó. Son tan raras, pensó. Seguro que está enferma, pensó. Le di asco.

Esperándome en la estación había un hombre que no era el tal Alberto, sino alguien que, dijo, era discípulo del maestro Alberto. Era anciano o lo parecía: no tenía dientes y me llegaba a los hombros. Llevaba pantalón y camisa negros y una especie de capa de paño con capucha que lo hacía ver extrañísimo entre tanta gente con chaquetas acolchadas.

Se me pasó por la cabeza decir que iba al baño, comprar un boleto de regreso y olvidarme del asunto, pero la otra mitad del pago me hizo quedarme. ¿A qué he venido si no es a ganar dinero? ¿A qué he venido si no es a poner el pecho? ¿A qué he venido si no es a intentar sobrevivir a la paliza?

Las mujeres desesperadas somos la carne de la molienda. Las inmigrantes, además, somos el hueso que trituran para que coman los animales.

El cartílago del mundo. El puro cartílago. La mollerita.

Pensé en mis padres a miles de kilómetros esperando las transferencias para empezar a pagar la deuda de mi viaje y para dar de comer a mi niña. Por supuesto que sabíamos que los chulqueros son bestias peligrosas que facilitan todo hasta que estás en aprietos y entonces te devoran vivo, pero también sabíamos que quedarse en el país era aún más insensato.

Nos dolarizamos, nos fuimos a la mierda: que cada familia sacrifique a su mejor cordero.

Habíamos escuchado historias de emigrantes deudores a los que llamaban esas voces terroríficas a decirles que en ese instante estaban viendo a su hijita jugar en el parque y qué bonita es tu hijita con sus trencitas, ha de oler rico, ya está grandecita, ¿no? Parece una flor.

Viajé con el anciano media hora en ese coche largo y negro. Yo estaba demasiado asustada para conversar y él parecía no estar ahí, como el conductor pintado en un carro de juguete. Dejamos atrás el pueblo, las estaciones de servicio, los polígonos industriales y avanzamos por una carretera secundaria abandonada hasta el final, el bosque.

Ahí descubrí que mi teléfono no tenía señal.

Ahí estaba la casa del tal Alberto.

La casa era casi bonita, de piedra blanca con techo rojo y un montón de girasoles en la entrada. A un lado había jaulas de conejos y gallinas y un pozo. Tenía una chimenea de la que salía humo y una parrilla de ladrillo para hacer asados.

Recordé a aquellos que se dejaron tentar con las ventanas de azúcar desde las que miraba, golosa, la caníbal.

Alberto salió a recibirme con un dóberman a cada lado. De niña yo había tenido una dóberman llamada Pacha a la que alimentaba con flores, hojas, cualquier cosa que encontrara. Era dócil y tierna hasta que un día no lo fue. Le arrebató a mi hermana bebé un pan de dulce y dos deditos de la mano derecha.

Esa tarde mi papá amarró a la Pacha, le dio de comer, le acarició el lomo suave como seda negra y luego le disparó en la cabeza.

Yo lo vi todo desde la ventana.

Le pregunté a Alberto si los perros eran bravos y me dijo que sí.

Cuando me di la vuelta para despedirme del anciano ya no estaba el carro, ni siquiera el polvo que debía haber levantado al arrancar.

Durante unos segundos Alberto y yo nos miramos, nos reconocimos.

Véanme, véanme. Frágil como cuello de pollo. Una mujer extranjera con una mochila a la espalda frente a un hombre desconocido con dos perros enormes y feroces en lo más remoto de una ciudad remota de un país remoto.

Véanme, véanme. Poquita cosa para el mundo, sacrificio humano, nada.

Aquí no me escucharán gritar.

Aunque me estallen las cuerdas vocales, aunque grite hasta desgarrarme por dentro, no me escucharán. Nada más los árboles, el bello cielo de invierno, pero bajo los árboles y bajo los cielos más hermosos ocurren cosas espantosas y ellos siguen ahí, inconmovibles, ajenos, suyos.

Las que se comieron las hormigas, las que ya no parecen niñas sino garabatos, las muñecas descoyuntadas, las negras de quemaduras, los puros huesos, las agujereadas, las decapitadas, las desnudas sin vello púbico, las despellejadas, las bebés con un solo zapatito blanco, las que se infartan del terror de lo que les están haciendo, las atadas con su propios calzones, las vaciadas, las violadas hasta la muerte, las aruñadas, las que paren gusanos y larvas, las mordidas por dientes humanos, las magulladas, las sin ojos, las evisceradas, las moradas, las rojas, las amarillas, las verdes, las grises, las degolladas, las ahogadas que se comieron los peces, las desangradas, las perforadas, las deshechas en ácido, las golpeadas hasta la desfiguración.

Ellas, todas ellas, pidieron ayuda a dios, al hombre, a la naturaleza.

Dios no ama, los hombres matan, la naturaleza hace llover agua limpia sobre los cuerpos ensangrentados, el sol blanquea los huesos, un árbol suelta una hoja o dos sobre la carita irreconocible de la hija de alguien, la tierra hace crecer girasoles robustos que se alimentan de la carne violeta de las desaparecidas.

Si salgo corriendo Alberto soltará a los perros.

¿Quién les avisará a mis padres? ¿Me encontrará alguien algún día? ¿Crecerá mi hijita pensando que su madre la abandonó? ¿Perdonarán nuestra deuda los chulqueros?

Véanme, véanme. Con miedo de demostrar miedo. Que Alberto me vea asustada puede ser el detonante, el fósforo, el cortocircuito: ¿por qué tan nerviosa? ¿Te asusto? Ahora verás, puta de mierda, lo que es miedo de verdad.

Véanme, véanme. Finjo aplomo y sonrío. Él no me devuelve la sonrisa.

Pregunté el nombre de los perros y murmuró algo que no escuché, pero no me atreví a preguntar de nuevo. Aprendí muy chica a no importunar al hombre enojado, al hombre bebido, al hombre desconocido, al hombre.

Aprendí a no decir esta boca es mía porque nunca lo ha sido.

Entró a la casa y lo seguí. ¿Por qué? El corazón de un inmigrante es un pájaro entre dos manazas.

Debo comer.

Debo dar de comer.

Debo ser comida.

Cuando él cerró la puerta con pestillo se me erizó una parte del cuerpo y la otra se me volvió de plomo. El corazón se recogió como si lo estuvieran sellando al vacío. Los labios se me pegaron a las encías. Tragué vidrio molido. Casi no podía respirar.

Véanme, véanme. Y óiganme. Me digo a mí misma: no pasa nada, boba, ya verás. Vas a escuchar la historia que este hombre te cuente y luego te llevará a la estación, te subirás al bus y dormirás delicioso. Tendrás dinero para mandar allá. La niña podrá estrenar un vestido, mamá podrá hacer cazuela de camarón, tú existirás con todo el cuerpo. Existirás, boba, existirás.

La casa por dentro era oscura y olía a comida vieja, a algo con col que se cocinó hace mucho y se fermentó, a ventilación pobre, a desaseo, a vicio. Casi no había muebles ni cuadros ni espejos. Parecía una casa abandonada, una guarida. Le pedí a Alberto el teléfono y me contestó que no lo había pagado y lo habían cortado. También la electricidad.

Sentí como si hubiera pisado una mina terrestre, escuché en mi cabeza el ruido del percutor, *click*. Me paré sobre la trampa, esa que hace que los animales del bosque se mastiquen la propia pata para huir y se desangren en el camino. Un fogonazo de terror me cegó unos segundos y, al abrir los ojos, lo miré buscando una compasión, una disculpa, una comprensión del terror de una extranjera sola quién sabe dónde quién sabe con quién.

No había ninguna. Nada.

¿Cuánto tiempo hay que fingir que todo está bien hasta reconocer que estás infinitamente jodida y que lo sabes? ¿Cuánto debes esperar hasta intentar alcanzar un cenicero, un atizador, un florero para estampárselo en la cabeza? ¿Cuánto de prudencia puede demostrar un animal amenazado? ¿Y una mujer?

Véanme, véanme: mantengo mis modales ante las fauces abiertas de la bestia, caigo con gracia de princesa al abismo, me trago el vómito negro para decir ah ya, es que quería avisar que todo está bien.

Mi voz de ratita me llenó de asco.

Nos sentamos alrededor de una mesa de madera bruta, él en la cabecera. Saqué mi grabadora, mi cuaderno y, mientras hacía algo que interpreté como rezar: ojos muy cerrados, brazos abiertos, palmas al cielo, miré alrededor. Había pintadas en la pared. Gordos brochazos de pintura roja y brillante con palabras de la Biblia:

¡Arrepentíos!

Yo reprendo y disciplino a todos los que amo.

¡Hemos pecado! ¡Hemos obrado perversamente!

¡El fin está cerca!

¡Él volverá!

Los ojos se me llenaron de lágrimas y, en lugar de correr, de gritar, de patalear, de decirle qué mierda es esto, puto loco, maldito psicópata, ahorita mismo me voy, saqué un paquete de pañuelos de papel y fingí sonarme la nariz.

De pronto, sin previo aviso, sin levantar la cabeza, empezó a hablar como para sí mismo.

Yo aplasté al apuro *play* y *rec*.

Su voz sin inflexiones, plana como un conjuro, sonaba como lijar madera.

Arrancó con su infancia pobre en la ciudad, con esa hambre tan enceguecedora que los obligaba a él y a su hermano gemelo a cazar ratas o palomas para masticar algo más que pura miseria, para callar al monstruo de la tripa, de los juegos con piedras y latas de cerveza vacías, de los sueños con helados, juguetes, fresas y nata dulce que terminaban al despertar en su catre inmundo, la pesadilla.

Habló de la violencia, de su padre masacrando a su madre, su madre sangrando por todos lados, su madre renga, su madre devota, su madre sorda de un oído, su madre sin dientes.

Su madre, la dolorosa.

Él y su hermano se masturbaban el uno al otro para no sentir. Después se golpeaban con los puños el cuerpo, la cara, los genitales. Se asfixiaban con bolsas plásticas, se cortaban con cuchillas, se arrancaban las uñas, se rapaban las cabezas cortando cuero cabelludo, se hacían tatuajes chuecos y perversos con agujas y tinta, se quemaban la piel.

Después encontraron el pegamento, los vicios, la prostitución.

Contó que él y su hermano, cada día más grandes, cada día más hombres, cada día más siniestros, tomaron la decisión de matar al padre la siguiente vez que le diera una paliza a la madre. Hicieron puñales con latas y maderas afiladas y los guardaron bajo la cama.

El padre no volvió a pegar a la madre porque no regresó nunca más.

Él y su hermano terminaron la infancia ese día: los hombres de la casa no pueden soñar.

Habló de que era un adicto en recuperación, que el amor de su vida habían sido las drogas y que por ellas se envileció más allá de lo que podía contar. Las había consumido todas hasta aquel incidente con su madre.

La mujer estaba ya muy enferma cuando él y su hermano decidieron robarle, una vez más, los poquitos billetes que le daba la beneficencia y las medicinas que tomaba para el dolor. Compraron droga, bolsitas de una mierda asquerosa que calentaban en una cuchara y se inyectaban en los brazos ya casi sin venas. Se quedaron dormidos en una esquina con los otros yonquis. No soñaron. Esa noche, sola, sin medicación, en medio de unos dolores que le hacían dar alaridos de ultratumba, agitándose como poseída, masticándose la lengua, los ojos salidos de las órbitas, las manos crispadas como ramas, la madre murió.

Ellos volvieron a casa surcando cielos púrpuras, goteando sangre de los brazos, cantando dulces nanas para niños muertos. Una vecina había llamado a los paramédicos. Al llegar en la ambulancia, les parecieron actores de una comedia de la tele. Todo les resultaba graciosísimo, sobre todo el gesto de la madre muerta con la mandíbula desencajada y los ojos abiertísimos. Mamá, qué graciosa, qué caras haces, mamá. Le dieron besos y abrazos. Cuando los paramédicos estaban por sacarla de la casa, decidieron encerrarse con llave. ¿Por qué se la quieren llevar esos payasos si ella está de lo más feliz? ¿Verdad mamaíta que estás más feliz que nunca? Mientras llegaba la policía a tirar la puerta abajo, la vistieron con un vestido de florecitas, bailaron con la madre muerta, le pusieron una flor de plástico en el pelo, le movieron los brazos para que danzara con coquetería, le dieron vino y cigarrillo. Es la última vez, mamaíta, le dijeron. Perdona por lo de las pastillas, no lo volveremos a hacer. Pero mira qué estupenda estás, si ya no las necesitas. Baila mamaíta, baila. Entonces la madre muerta les agarró los brazos con tal fuerza que les dejó unas marcas moradas por varias semanas. Alberto se apretó las muñecas como si aún le dolieran y después de un largo silencio le salió un hilo de voz.

–Nos miró y nos dijo que si nos volvíamos a drogar vendría a matarnos.

En ese instante los embistió la sobriedad y se dieron cuenta de que habían estado profanando el cuerpito decadente de la madre.

–Hasta el día de hoy no me explico cómo fue que nos agarró los brazos. Sería el rígor mortis, no lo sé. A partir de eso yo cambié de vida por completo, no me volví a meter mierdas, tenía que alejarme de los camellos, de los conocidos. Vendí el piso, me vine al pueblo. Aquí la naturaleza me limpió y aquí encontré la palabra. O la palabra me encontró, no lo sé. Mi hermano también encontró la palabra, pero una más oscura, más dañina.

Me atreví a hacer una única pregunta.

—¿Dónde está él ahora?

Suspiró.

—Me cuesta hablar de él. Mañana continuamos.

Le cambió la cara, una mueca horrorosa como si estuviera padeciendo de dolores insoportables lo transformó en otra persona. Los ojos se le convirtieron en dos carbones al rojo vivo muy atrás de las cuencas. Gritó con la boca tan abierta que pude ver los huecos donde debían estar los dientes, las manchas negras de las caries, la lengua puntiaguda.

—Dile que estoy aquí a la muy zorra. Háblale de mí, hijo de puta. Trajiste a este pedazo de mierda extranjera a escuchar nuestra historia, ahora cuéntala, pero cuéntala bien, hermanito, no te dejes nada.

Me miró a los ojos por primera vez en toda la tarde.

—¿Qué te pasa puerca? ¿Quieres que te cuente la verdad, lo que el cobarde de mi hermanito no es capaz de decirte? ¿Quieres que te hable de Nuestro Señor de la Noche? ¿Crees que tienes puto derecho de entrar a nuestra casa como si nada? Basura extranjera, puta asquerosa, ¿a qué has venido? A usurpar. A eso venís todos. Claro, venís a quitarnos lo que es nuestro. Todo queréis, todo: nuestro dinero, nuestras historias, nuestros muertos, nuestros fantasmas. Ya verás lo que el Señor y yo tenemos para ti y todas esas perras que venís a ensuciar nuestras calles.

Los perros ladraron enloquecidos.

–¿Sabes de qué se alimentan mis perritos? De putas extranjeras como tú.

Véanme, véanme. Me pongo de pie a una velocidad imposible, retrocedo hasta quedar pegada a la pared, me cubro la cara con las manos, me muerdo el puño para que no salga el grito que me ensordece por dentro. El rayo blanco del terror me atraviesa por entero. El corazón, como un loco peligroso, se estrella contra las paredes. Gimo, pido por favor, por favor, por favor. Digo que tengo una hija, Alberto, por piedad.

–Siéntate ahora mismo, pedazo de zorra, claro que tienes hijos, todas ustedes paren como marranas, tenéis tantos hijos que pronto no quedará nadie con la sangre limpia en este puto mundo. Os mataremos a todas.

Escupió en el suelo.

A esa hora la única luz que nos iluminaba venía de la chimenea que estaba detrás de él y una luz rojiza, ambarina, refulgía detrás de su cabeza, proyectaba sombras gigantescas sobre las paredes que gritaban en rojo brillante arrepiéntete, el fin está cerca, arrepiéntete.

Lo vi acercarse a mí.

Véanme, véanme. Encandelillada de pavor, los ojos ciegos y gigantescos, al borde del desmayo, el cerebro echando chispas como una piedra de afilar.

Véanme, véanme. Obligándome a pensar lo único posible: estás soñando, esto no es real, despierta ya, despierta.

Véanme, véanme. Cuando está tan cerca que huelo su aliento a salitre y descomposición me meo encima, no puedo hablar. Hago sonidos guturales, chillidos, como si en vez de humana fuera un conejo aún vivo en las fauces de un lobo. La voz me sale pasmada, apenas un soplido.

–Alberto, se lo ruego, piense en su madre, Alberto.

Véanlo, véanlo. Se calla como si lo hubiesen apagado con un extintor, baja la cabeza, pide disculpas.

—Oye, perdona, es que tengo el luto muy reciente y a veces no me encuentro bien.

Ya era noche cerrada, la noche más negra imaginable, la de cuando no existían el mundo o sus criaturas, cuando se alejó de mí. Encendió unas veladoras rojas que repartió por la casa. Habíamos pasado siete horas sentados, sin agua, sin comida, sin ir al baño.

—¿Alberto? ¿Está usted bien?

—Claro mujer, claro.

—¿Alberto? ¿Podría por favor llevarme a la estación? ¿Sabe que yo estoy pensando que mejor más adelante...? O sea, yo, quisiera volver...

—Imposible, yo no tengo coche y a esta hora ya no hay autobuses.

Agarré mi mochila y la abracé. Le pregunté por el baño en un susurro. Estaba empapada en mi propia orina y, además, con la regla. Humedad sanguinolenta bajaba por mis piernas hasta los zapatos. En el estómago tenía encendida una bujía de terror.

Cuando abrió la puerta del baño el olor se escapó como un animal salvaje, hambriento, tóxico. Se me metió por las fosas nasales como una violación y me empujó para atrás. Olía a amoniaco puro, a mortecina, a pus, a sangre podrida, a fuga de gas. Iluminado por la luz roja de la vela, el suelo, el váter, gran parte de las paredes, el lavabo, la bañera, todo era de un color amarronado que parecía vivo, orgánico. Tuve que hacer un esfuerzo inmenso para no vomitar. La pestilencia me empapaba por dentro como un baño de aguas fecales y la suela de los zapatos se me pegaba a aquello chicloso, oscuro, que cubría el piso.

Hubiera preferido hacer afuera, entre los árboles, pero pensé en los perros, en la oscuridad, en él y en lo que sea que fuera el Señor de la Noche.

La mitad de la puerta del baño era de vidrio biselado. Mientras intentaba orinar en cuclillas sin mancharme de orina o de sangre, mientras me quitaba el pantalón, la ropa interior y la compresa empapada, mientras intentaba no tocar nada y a la vez quedar limpia, vi la sombra de su cabeza cada vez más grande al otro lado de la puerta. No se movió de allí. Escuché una voz susurrando que no, que no y otra, esa otra voz diferente, monstruosa, que decía mariquita, puto marica, no haces nada bien, puto enfermo, subnormal, ¿para qué la has traído entonces?

Imaginé que rompía el vidrio, destrababa la puerta y me violaba y me mataba en ese suelo repugnante, donde flotaban cosas que parecían pelo, que parecían coágulos.

Quise decirle que no me espiara, quise gritarle qué te pasa, pero no me salió ninguna palabra. Busqué por dónde escapar, pero el baño nada más tenía un ventanuco enrejado.

Junto al baño estaba la habitación que Alberto había preparado para mí. Tenía una cama pequeña, un velador y una mecedora en la que estaba sentado un viejo oso de peluche gigantesco. La habitación tenía una ventana cubierta con visillo y a través de él se veía la sombra de los perros, uno al lado del otro, de pie, tan altos como yo. Se escuchaban sus respiraciones fuertes, acezantes, cazadoras.

Alberto puso veladoras rojas en la mesilla y la habitación se llenó de una luz mala, de iglesia vieja, esa que ilumina a las niñas de rodillas sobre reclinatorios polvorientos, pidiendo perdón por cosas que no sabían que eran pecado.

En la pared había otra pintada roja enorme: *¡Arrepién-tete!*, y sobre la cama una cruz con un Cristo bañado en sangre.

–Esta era la habitación de mi madre. Aquí te sentirás a gusto.

Cerró la puerta, se alejó unos pasos y volvió.

–No te olvides de poner el seguro.

Véanme, véanme. A solas en una habitación helada que huele a moho y a vejez, separada por una puerta sencilla de un hombre que ha amenazado con darme de comer a sus perros. Intento no hacer ningún ruido. Con cuidado empujo la cama contra la puerta y me subo en ella sin quitar los ojos del pestillo.

Véanme, véanme. Una extranjera sola que es como un venado que es como un bebé que es como una carnecita del dedo que se arranca sin dificultad y se mastica y se escupe. En medio del bosque, en la casa del terror, escuchando el ladrido enfurecido de unos perros, me pongo a llorar como no he llorado en mi vida.

No me vean. Sentirán rabia, dirán qué imprudente, qué loca.

El cerebro vuelve a mandar: hay que salvarse. Muy despacito, sin dejar de mirar hacia la puerta, abro armarios y cajones. Tiene que haber algo con lo que pueda defenderme. Al pasar al lado de la mecedora con el oso me estremezco. Esa cosa parece viva, sus ojos brillan a la luz roja de la vela, sus garritas parecen estirarse para tocarme.

Véanme, véanme. Como si hubiera una serpiente venenosa bajo mi pie, me paralizo. En un cajón encuentro pasaportes, pasaportes azules, rojizos, verdes, de chicas de todas partes. Como el mío, el de casi todas ellas es el primer pasaporte de sus vidas. Sonríen con la mandíbula apretada. Así sonreí yo también.

Saco la grabadora y repito sus nombres como si estuviera rezando un rosario. Repito sus fechas de nacimiento, sus orígenes, la fecha de llegada al país, las describo lo mejor que puedo. Aprieto cada pasaporte un ratito contra mi corazón enloquecido.

Véanme, véanme. Y escúchenme. Pronuncio lo mejor que puedo sus nombres. Awa. Fátima. Julie. Wafaa. Bilyana.

Véanlas, véanlas. Ellas también fueron imprudentes, locas.

Ellas también fueron inmigrantes.

Cierro el cajón de los pasaportes y en otro encuentro cepillos de dientes, agendas telefónicas, desodorantes, cremas, uñas postizas, rizadores de pestañas, gafas, misarios, el Corán, estampitas de vírgenes y santas, libros, fotos de niños y niñas, de gente sonriente frente a una casa, de una señora muy anciana rodeada de decenas de adultos, adolescentes y niños.

En un tercer cajón encuentro mechones de pelo: pelo oscuro y rizado, pelo liso pintado de rojo, pelo rubio como paja seca, pelo que perteneció a alguien, que brilló bajo el sol en la cabeza de una mujer viva.

Aterrada, doy un par de pasos para atrás y me tropiezo con la mecedora. El oso cae, yo caigo. En el suelo el oso y yo parecemos dos animales moribundos, exangües, a los que por fin han dado caza.

Los perros lo saben. Olfatean frenéticos el aire de sangre, se lamen los colmillos con la sed de la anticipación, llenan la ventana de babas y gruñidos.

Me quedo en el suelo mirando al oso que me devuelve la mirada. Saco una tablilla floja de debajo de la cama, me aferro a ella como si en vez de una inmigrante fuera, quién sabe, una bruja, una amazona. Imagino el festín de palazos, imagino a Alberto zozobrando en un mar de sangre, sesos y dientes, pidiendo por favor.

Cada hora que pasa es un milenio y en ese milenio el oso y yo esperamos que pasen cosas horribles, envejecemos, lloramos sin hacer ruido. La madrugada trae tormenta. Ahora están los perros, pero también el viento como una jauría, los rayos, los truenos, las ramas de los árboles golpeando furiosas la ventana.

Véanme, véanme. Agarro la pata del peluche sucio y lo acerco a mi cuerpo. Flanco a flanco, el oso y yo somos el ejército más miserable del mundo, atrincherados contra el Mal tras una camita de noventa.

Rezo acariciando la lana del oso en mi mano sudada y siento que el oso también reza.

Cuando escuchamos ruido al otro lado de la puerta, el oso y yo aguzamos las orejas, abrimos los ojos inútiles frente a una oscuridad que hace rato se tragó a la vela, gemimos de miedo.

La manija se mueve arriba y abajo, abajo y arriba, arriba y abajo. Alberto cuando no es Alberto golpea con una furia monstruosa. Parece que va a tirar la puerta abajo.

—Abre puta, abre que tengo un trabajo para ti, ¿no es lo que querías? ¿Venir aquí a trabajar? Abre la puta puerta, mierda extranjera, abre ahora mismo.

Me abrazo al oso y lloro, suplico.

—Alberto, por favor.

Escucho la voz de Alberto. Pide calma, pide respeto. Empieza a rezar a los gritos y a los gritos llama a su mamá.

–Padre nuestro que estás en los cielos, santificado sea tu nombre, venga a nosotros tu reino, hágase tu voluntad. Madre, por favor, madre.

La otra voz, la que parece salirle a Alberto de las tripas, le dice que es inútil que rece, que esa puta ya está muerta, que para que la ha traído si no es para la ceremonia.

Alberto sigue rezando.

–Líbranos del mal, líbranos del mal. Madre, te ruego, madre. No más.

De pronto un grito terrible, insoportable, inhumano: el alarido de alguien que no cree lo que está viendo porque lo que está viendo no es posible.

El oso y yo imaginamos: un mazazo contra una cara hundiendo la nariz hasta el fondo, el crujido brutal de un cráneo que se estrella contra el suelo, la gelatina de los ojos estallando bajo la presión de los dedos, el borboteo de la sangre saliendo del cuello abierto, el ronco estertor de una última voz.

Luego nada más. Ni Alberto, ni rezo, ni ogro, ni puñetazos en la puerta ni nada. Un silencio que es como la oscuridad: una boca abierta que no habla.

Me abrazo más al oso. Le doy un beso en sus morros de polvo. Nos quedamos los dos así por horas, acurrucados contra la cama, él con sus ojos de oso y yo con mis ojos de mujer extranjera, mirando fijamente a la nada, esperando quién sabe qué.

Cuando me pongo de pie me doy cuenta de que los perros llevan horas callados, me asomo a la ventana, no están. Miro al cielo. Es el cielo más hermoso que he visto en mi vida. Las estrellas brillan como no brillan en la ciudad, todopoderosas, exageradas. Recuerdo que alguien me dijo que las estrellas que vemos llevan mucho tiempo muertas y pienso que ojalá así refulgieran las desaparecidas, con esa misma luz cegadora, para que sea más fácil encontrarlas.

La puerta de la entrada está abierta de par en par. Abrazo al oso y le digo gracias, acaricio su cara peluda y la siento tan mojada como la mía. Abro la ventana con un cuidado infinito y salgo como una recién nacida a la noche estrellada del mundo.

Véanme, véanme. Escapo como un animal sorprendido de haber sobrevivido, un animal que no mira atrás porque nadie lo está siguiendo, un animal que da largas zancadas y levanta polvo y se baña en él como si fuera purpurina. Vivo. Un animal vivo.

El viento me seca las lágrimas mientras corro hacia esa grieta morada en el horizonte. El día cruzando la frontera negra de la noche.

Véanlas, véanlas. Al costado del camino, como sombras, me ven pasar y sonríen, hermanas de la migración. Susurran: cuenta nuestra historia, cuenta nuestra historia, cuenta nuestra historia.

Véanla, véanla. Apenas un reflejo de cabeza blanca y vestido de florecitas que me bendice como todas las madres: haciendo con sus manos la señal de la cruz.

CREYENTES

EN UNO DE LOS CALLEJONES no daba el sol nunca y se formaba una lama espesa, casi viva, un lomo de sapo en el suelo y las paredes. Lo descubrí el día que empezó la huelga, loca de libertad porque era un martes y los martes tenía dos horas seguidas de matemáticas y educación física, mis demonios.

Esa mañana llegamos al colegio y el colegio estaba cerrado por la huelga. Mis padres me llevaron con la abuela y en un impulso, de esos que dejan con un pie en el aire y el otro en el suelo, decidí ayudarla con las rosas de té, que eran culonzotas y rosadotas y llenas de espinas como ella misma, pero pronto me di cuenta de que hacía eso, lo de cuidar flores, precisamente para no cortarle la cabeza con la tijera a la gente. Con sus guantes negros y su cigarrillo en la comisura de la boca parecía un matarife.

Hurgué entre las herramientas del abuelo, las ordené por tamaño, pelé unos cuantos cables para ver brillar el cobre y hacerme una pulsera ridícula. El abuelo me habría enseñado algún truco de magia o explicado uno por uno su colección de billetes del mundo. Pero el abuelo estaba muerto porque, como decía mi papá, dios se lleva primero a sus favoritos.

Al cabo de un rato, aburrida, me puse a correr alrededor de la casa. A mis pasos con los zapatos negros del uniforme el suelo hacía un ruido raro, como de bolsa de canicas que se rompe, como de suelo que croa. Eso me gustó.

En uno de los callejones no daba el sol nunca y ahí fue que me resbalé en una lama melosa y peluda como una rata verde y me caí de espaldas y me quedé, bocarriba, con la falda levantada, mi calzón blanco y yo mirando al cielo. Me dieron ganas de llorar, pero no de dolor, sino de miedo. Fue la primera vez que pensé en mi propia muerte y la muerte era exactamente eso: estar sola en un callejón al que nunca le da el sol y que nadie, nunca, te vaya a buscar. Fue también la primera vez que pensé en que tendría que vivir conmigo, una voz cansona, teatrera, insistente, toda mi vida.

Al rato pasó Patafría cargando la batea de ropa sucia. Primero se asustó, pero luego ya me vio bien, me levantó, me sacudió el calzón blanco y me dijo parece boba, niña, ahí echada. Fuimos a la cocina, me limpió las piernas y la cara con el trapo húmedo que olía a carnicería. Que no llorara, dijo, a su abuela no le gustan las niñas lloronas.

Patafría, en realidad, lo que quería decir es que a mi abuela no le gustaba nada que no fueran los naipes, ella misma o la nicotina. Yo no pensaba llorar, pero a la mención del llanto sentí que debía hacerlo: me voy a morir, me vi muerta y me eché de menos, a mí y a todas las cosas que pensaba hacer conmigo. Me voy a morir, Patafría, ¿entiendes? Una cosa helada como la propia muerte atravesándome el cuerpo. Me detuve cuando Patafría levantó un dedo huesudo, del color del chocolate en taza, y lo meneó frente a mi nariz. Nada de llantos.

Patafría era la señora que trabajaba con mi abuela. No se llamaba así, se llamaba María, como la abuela, pero ella le había cambiado el nombre porque ser tocayas le resultaba insoportable.

Patafría tenía una hija, Marisol, que al día siguiente del inicio de la huelga apareció por ahí.

Me extrañó que tan cerca de mi mundo viviera una niña de mi edad y no conocerla. Yo tenía pocas amigas. ¿Por qué la hija de María Patafría nunca había ido a un cumpleaños mío o al revés: por qué no me habían invitado jamás a los cumpleaños de la hija de Patafría? ¿Por qué no la habían traído nunca a la piscina? ¿Por qué no sabía ni siquiera de su existencia? ¿Con quién vivía Marisol si Patafría vivía en la casa de mi abuela? A mi abuela no podía preguntárselo, a Patafría tampoco. Se lo pregunté a la propia Marisol. Ella se encogió de hombros, me tomó de la mano y me llevó al callejón donde nunca daba el sol.

Marisol tenía algo extraño, aunque no podría decir qué. Contestaba lo que le daba la gana, permanecía con la boca abierta demasiado rato, se rascaba sin parar la cabeza o callaba, como escuchando a alguien que te está dando unas órdenes muy confusas, pero muy importantes. Sonreía mucho, eso sí, y era divertido que hubiera otra niña en casa de la abuela. Tampoco era tan grave tener la lengua un poco afuera o reír demasiado alto o contestar cualquier cosa o aplaudir a los aviones. Como me pareció tediosísimo enseñarle a jugar a las cartas, probé con mostrarle lo del sonido de canicas al correr por el callejón. Corrimos y corrimos y, al final, agotadas, decidimos ser mejores amigas. Ella se escupió la mano y me la tendió. Entendí que tenía que hacer lo mismo. Lo hicimos y la baba selló nuestra amistad.

Por esos días más o menos Los Creyentes se habían instalado en la casa de la abuela. Eran dos, uno alto y uno bajo, y los bautizaron con esos nombres: Creyente Alto y Creyente Bajo porque los suyos, aunque los repitieron lentamente y separando las sílabas, eran impronunciables. Los Creyentes dijeron que pasaban temporadas en diferentes países hablando sobre lo bueno que era ser creyente. Países pobres como este, decía después la abuela, estos vienen a meterle esa religión de ellos a los pobres dizque con la promesa de la salvación y esas pendejadas. A la abuela le daba igual la fe, lo que le pareció atractivo fue el dinero que ofrecieron Los Creyentes por ese trastero que ella había adecentado y que seguía teniendo el techo llenito de murciélagos y del que papá dijo que nadie nunca jamás alquilaría ni regalado.

Los Creyentes pasaban el día fuera. Yo me los imaginaba caminando por la ciudad en huelga, paralizada y quemándose, como turistas del fin del mundo, fascinados de que los hombres morenos se mataran unos a otros. No se sabía si estaban en casa porque la puerta siempre estaba cerrada y al ventanuco le pusieron hojas de periódico para que no se pudiera ver dentro. A la cocina se acercaban muy de vez en cuando a pedir agua helada. Nunca aceptaban nada más. Patafría sentía pena por ellos, decía que era injusto que vivieran en ese hueco infernal sin ventilación ni comodidades, a pesar de que el cuarto de ella era una bodega diminuta donde apenas entraba su camastro y una caja vuelta del revés donde apoyaba su cepillo de dientes y su Biblia.

Cuando venían por el agua les ofrecía un poco de comida o una jarra de jugo, pero ellos decían no, a todo no. También les daba palo santo para espantar a los mosquitos que se los comían vivos, pero ellos decían no y ella se quedaba con su vianda en la mano mirándolos con admiración, tal vez amor, mientras regresaban a su cuchitril.

¿Qué comían Los Creyentes? Nadie lo sabía. La comida de Patafría no la aceptaban y tampoco tenían dónde preparar nada en ese cuartucho. Una vez dejaron la puerta abierta sin querer y los vi desnudos, echándose el uno al otro jarras de agua con hielo. Después se tumbaron boca arriba y se quedaron ahí, mojados, con la lengua afuera, jadeando, hasta que escuché a Patafría llamarme para comer. No le dije a nadie lo que había visto.

Me generaban toda la curiosidad del mundo. Los Creyentes eran hermosos, rubios como el Niño Dios, seguro tenían que ser bondadosos con los más pequeños. Mis padres me habían advertido sin parar sobre los hombres de la calle, sobre el vagabundo que se robaba a los niños, sobre los que pedían caridad, pero nunca sobre los hombres de ojos casi transparentes de tan azules, de tan verdes. Ellos tenían que ser los buenos.

Los Creyentes, por ejemplo, le regalaron a Patafría unos libros preciosos que, aunque estaban en otro idioma, tenían dibujos entretenidísimos sobre aliens, lo que parecían aliens, y la fiesta de los animales y la gente y los aliens. Se podían inventar historias increíbles con los dibujos del libro de Los Creyentes, pero Patafría ni siquiera miró los libros. Agradeció y los dejó en un rincón de la cocina. Siempre me dio pena que no me regalaran uno a mí.

Lo que yo no entendía era cómo la abuela tenía a Los Creyentes viviendo en su casa si papá decía que eran pecadores, pero una vez escuché que papá le decía a mamá que era mejor que estuvieran ahí para que la abuela hiciera un dinero y que, total, si no les escuchabas lo de la salvación y el planeta al que irían los elegidos, eran bastante inofensivos. Papá decía que en la situación del país, con la huelga y todo eso, era bueno que la abuela tuviera dos hombres blancos en su casa.

Ese día, el primer día de la huelga, Marisol y yo, ya amigas para siempre, descubrimos un agujero en el patio por el que se podía ver el departamento de Los Creyentes. Nos estábamos aburriendo porque ahí dentro no había nada interesante. Los Creyentes no tenían electrodomésticos, ni adornos, ni fotos, ni una sola cosa más allá de sus camisas blancas, sus pantalones negros y una maletita para cada uno. De pronto Marisol gritó y se tapó la boca con las manos. ¿Qué? ¿Qué viste? Un niño, dijo.

Los Creyentes no podían tener un niño en su casa.

Me asomé y estallé en carcajadas. Sobre una silla había un bulto de ropa. Le dije a Marisol que era una boba y ella me pegó y yo le pegué y nos enfadamos por una hora hasta que me di cuenta de que si la perdía me iba a quedar sola. Me acerqué y, no sé por qué, le conté de aquella vez en la que la abuela había encontrado una gata recién parida en el patio y agarró a los gatitos, los metió en una funda plástica, la cerró bien con tres nudos y la pisó con sus zapatos ortopédicos. Después mezcló unas bolas grises de veneno con atún y se lo dio a la madre. Me puse muy seria para que Marisol entendiera que mi abuela era peligrosa.

–¿Sabes cómo suenan los cráneos de los gatitos bebé bajo el zapatón de tu abuela? ¿No? Pues yo sí.

Nos hizo calor y nos metimos a la casa. A esa hora daban dibujos animados. Me saqué los zapatos y me subí a la cama de la abuela. Le dije a Marisol que hiciera lo mismo. Cuando la abuela entró nos encontró a las dos, cabeza con cabeza, viendo *El pájaro loco,* y llamó furiosa a Patafría para que se llevara a su hija a la cocina.

Después le ordenó que cambiara la cobija, las fundas de almohada y las sábanas.

Desde ese día yo comí en la cocina con Patafría y Marisol. No hubo manera de que la abuela me convenciera de comer con ella, aunque usó la amenaza de que mi papá me pegaría. Desde ese día, también, me convertí para ella en una niña problemática, malcriada, indigna.

En la calle la huelga cada vez era más salvaje. Algunas amigas de la abuela venían a contarle que a no sé quién los empleados le habían quitado la empresa y lo habían colgado ahí mismo, sobre la maquinaria, mientras todos aplaudían. Esos negros, decían, esos malagradecidos, esas bestias, esos asesinos. Contaban de una familia a la que la cocinera le había puesto veneno en la sopa y que ahora ella y sus hijos vivían en la mansión, se bañaban en la piscina y usaban su ropa de marca. Otras señoras pasaban a despedirse porque se iban del país. Lloraban.

—Nos están matando, María. Váyanse mientras puedan.

Patafría también lloraba. Decía que el río se llevaba cadáveres llenitos de agujeros de bala y que, en la madrugada, las madres de los asesinados iban a dejar cruces sobre el agua.

—Ese río ya no es un río, es puro muerto, agüita de muerto.

La policía iba a los barrios de los obreros y violaba a sus madres y a sus hijas y a sus hermanas y a sus abuelas. Después se llevaban todo lo de valor y quemaban las casas. Las dejaban semidesnudas, ensangrentadas, tiradas en la tierra.

A veces hasta la casa de la abuela llegaba el olor picante de la pólvora y del gas lacrimógeno y había que correr a cerrar las ventanas. Todo el día y toda la noche se escuchaban balazos.

Papá y mamá no volvieron. Temían que si dejaban la fábrica sola los trabajadores se la tomarían, como se habían tomado las de sus amigos, así que llevaron colchones y cocinetas y se quedaron allí en la oficina, cuidando, como decía papá, aquello por lo que el abuelo había trabajado tanto. La abuela un día fue a llevarles la escopeta y, al volver, parecía mucho más vieja, como si en lugar de la fábrica volviera de la muerte. ¿Qué vería en el camino? Tenía la ropa rota y lodo pegado en el pelo.

Por primera vez le dijo María a Patafría.

—María, tú no nos vas a traicionar, ¿verdad? Aquí te hemos tratado como a familia, te hemos dado todo lo que necesitabas, hasta te dejé traer a tu hija cuando tu marido y tu hermana se unieron a la huelga. ¿Tú nos quieres, verdad María?

Marisol y yo empezamos a obsesionarnos con Los Creyentes, pensábamos que ellos salvarían al país de la huelga y que seríamos todos felices. En las películas, hombres como ellos salvaban al planeta.

Al niño que decía haber visto Marisol y que para mí era un bulto de ropa le pusimos Miguelito y todos los días nos inventábamos nuevas aventuras para él. Miguelito viajaba al espacio, luchaba contra gigantes, iba al futuro y se casaba con nosotras, heredaba millones, se iba de safari. Todo. Miguelito hacía de todo, pero siempre se metía en problemas. Nos moríamos de la risa porque nosotras terminábamos salvando a Miguelito y a la humanidad.

Nuestra amistad era como el amor, un asombro que crecía.

A veces nos dábamos besos como en las telenovelas. Yo ponía mis labios sobre sus labios y respirábamos. El humito salado de su aliento me gustaba más que los caramelos y sentía que podía quedarme ahí, una boca contra la otra, para toda la vida. Le tocaba su pelo rizado y ella me soltaba el mío y lo hacía bailar contra mi cara. Con una funda de almohada en la cabeza y una corbata del abuelo nos casábamos. A veces yo usaba la corbata, a veces ella, pero siempre terminábamos con las manos y los labios unidos, tan cerca que parecíamos una niña siamesa.

Casi todas las noches Marisol esperaba que Patafría estuviera dormida y se metía a la casa a dormir conmigo. Sin sueño, titilando de tan excitadas, nos contábamos los cuentos que sabíamos e inventábamos otros nuevos. Era hermosísimo contar cuentos para maravillar a otro, para hacerlo reír, para hacerlo asustar, para ser, durante un ratito, la misma persona.

Era hermosísimo contarle cuentos a Marisol hasta que se quedaba dormida con los labios entreabiertos por donde se escapaba ese airecito de salitre que olía a ría, a manglar, a mío.

Una noche escuchamos un llanto, como de un niño que lloraba, tal vez de una gata en celo. Bajamos como dos sombras y Marisol se asomó al agujero de Los Creyentes. Me miró y en su cara vi horror, más horror del que se puede poner en palabras, más horror del que puede aguantar una niña. Quise asomarme, pero no me dejó, me abrazó y escuché su corazón, un animal al que van a degollar.

Corrimos al patio y me dijo que Los Creyentes estaban mordiendo al niño. No le creí. Volví sola y me asomé al agujero. Creyente Alto se limpiaba la boca y Creyente Bajo ataba una bolsa de basura.

Me reí de Marisol.

—Era pollo, tonta, estaban comiendo pollo.

Ella temblaba como una hojita y, llorando, se fue a dormir con su mamá.

Al día siguiente nos despertaron unos gritos desde la calle. Alguien llamaba a María. Habían matado a su marido, a su hermana, a medio barrio. A su madre la habían dejado malherida y habían quemado todas las casas.

María, Marisol, mi abuela y yo, una al lado de la otra, mirábamos a esa mujer que había cruzado la ciudad para traer las noticias, con el cerebro a fuego vivo, las rodillas flojas y las mandíbulas rígidas como la gente a la que van a fusilar. La mujer se fue y María cayó al suelo. La abuela se agachó para consolarla. Con María hecha una bola y mi abuela cubriéndola con su corpachón no se sabía de cuál de las dos era ese llanto tan salvaje, tan herido, tan animal. Quizás era de ambas a la vez: el llanto al unísono de dos mujeres a las que el dolor ha decapitado.

Marisol y yo nos tiramos también al suelo, una sobre la otra, y ahí nos quedamos las cuatro, dos mujeres y dos niñas llorando a gritos, quién sabe cuánto tiempo.

María se levantó y se fue a buscar a su madre. Antes de irse le dijo a la abuela que tenía que cuidar a Marisol como si fuera nieta suya y la abuela prometió hacerlo. María insistió y la abuela se puso la cruz que llevaba en el pecho en la boca. Juró por dios. Marisol quiso correr detrás de su mamá, pero la abuela la atrapó con sus brazos de enterrador. Pensé en los gatitos que la abuela había separado de su madre, en el sonido de esos cráneos diminutos, en el último chillido.

Pasaron los días y la abuela poco a poco dejó de levantarse hasta que simplemente no lo hizo más. Llamaba a

Marisol para que le llevara el café y los cigarrillos, para que le frotara los pies o para que le desenredara el pelo. Marisol subía y bajaba siempre con más órdenes de la abuela y así era muy difícil jugar. Le prometí que cuando volvieran mis padres las llevaríamos, a ella y a María, a vivir con nosotros.

Mis padres mandaban cada vez que podían gente de confianza para que le dijera a la abuela que estaban bien, pero un día esas noticias dejaron de llegar. Se escuchaban rumores de que no quedaba ningún empresario vivo, de que los habían cercado y los dejaron morir de hambre, de que algunos se lanzaban desde las ventanas de los edificios y se rompían como cristales en el suelo, de que habían prendido fuego a la zona industrial y al centro, de que los cadáveres, por cientos, atraían gaviotas, ratas, gatos y perros. Pensé en mis padres y en los animales comiéndoles la cara.

Una tarde Los Creyentes llegaron con dos niños pequeños y al día siguiente con dos más. Estaban famélicos, sucios y confundidos. Parecían llevar vagando varios días. La abuela escuchaba ruidos y nos preguntaba. Le mentíamos que eran mendigos que pedían pan o monedas y ella decía que no los dejáramos entrar por nada del mundo, que esos negros hambreados matarían a su madre por una papa podrida, que nos violarían y después nos comerían vivas.

Los Creyentes tiraron sábanas en el cuartucho y ahí dormían los niños. La abuela dejó de preguntar por los ruidos porque dejó de hablar por completo. Marisol y yo la limpiábamos lo mejor que podíamos y también le dábamos de la comida que preparábamos con lo poco que quedaba en la bodega, algo de arroz, algo de atún, algo de pasta de tomate.

Marisol nunca se acercaba a Los Creyentes, seguía obsesionada con que comían personas y todas las mañanas miraba por el agujero para asegurarse de que los niños estaban completos. Al cabo de unos días de observación bajó la guardia. Los Creyentes, me dijo, trataban muy bien a los niños, los metían a sus camas, les tomaban fotos, los abrazaban, les daban chocolates y los hacían besarse en la boca como nos besábamos nosotras. Yo me convencí de que no los escuchaba llorar por las noches, de que no los escuchaba decir que no y llamar a sus mamás. Yo me había inventado todo eso, lo de los gritos, no podía ser de otra manera. Los Creyentes eran los buenos. Los Creyentes eran los únicos hombres buenos que quedaban en el mundo.

SILBA

MAMÁ NUNCA había contado historias de terror.

Contaba todo lo demás: sobre los viajes a la playa en la enorme camioneta familiar, los amigos de todos sus hermanos siempre en casa, sentándose a la mesa por turnos, comiendo, hablando y apestando como piratas, los sacos y canastos a reventar de naranjas, cebollas, tomates, camarón, limones, huevos, arroz, cangrejos, pescado, mangos, gallinas en pie, que traía el abuelo para alimentar a la hambreada jauría de su descendencia. Contaba todo, detalladísimamente. Los sabores, olores, texturas de su infancia, el primer negocio que se puso, cuando era apenas adolescente, de vender el banano de rechazo, el que no era exportable, a la gente del vecindario. No callaba nunca sobre eso, tal vez porque fue su primer y último trabajo pagado, la primera y última vez que el dinero llegaba a sus manos y se iba de sus manos. Después tuvo billetes en las manos, pero eran distintos, eran de papá. El que te has ganado pesa distinto, cruje más, se saca con fuerza de la cartera y se pone sobre los mostradores muy abierto, de cara, con una palmadita como la que se da en la cabeza a un niño que se ha portado bien.

Sé que hizo una mesita con cajas y que la pintó de rojo y que ahí ponía los racimos de banano atados con cintas de colores —como el pelo de las niñas–. Sé que a veces hacía trueque de banano por alguna cosa que le gustara más: cancioneros, discos, revistas de moda, máscara de pestañas, una cajita musical que conservó toda la vida. Sé que le encantaba ser esa niña empresaria. Sé que con la plata de la venta compraba bombones, perfumes. Sé que los hermanos le robaban el chocolate para comérselo y el perfume para echárselo y dar celos a sus novias. Sé que la mamá de mamá la golpeaba a ella y que a los hermanos no. Sé que una vez en la plantación derribaron unos árboles y cayó, como una fruta, un monito huérfano y que el papá de mamá lo llevó a casa y que creció como un niño más, comiendo, jugando y durmiendo, hasta que se hizo adolescente y empezó a masturbarse delante de las visitas. Lo volvieron a soltar en el campo y al día siguiente lo encontraron muerto en una hamaca de la plantación, como una persona pequeña haciendo la siesta.

Sé que mamá conoció a papá disfrazada de soldadito, con botas altas y gorrito con borla, porque ese día había desfilado para celebrar la patria. Sé que cuando mamá era pequeña, la mamá de mamá dejó sin vigilancia una olla gigantesca de leche y que mamá estaba jugando, explorando, y le cayeron litros y litros de leche hirviendo y el vestidito se le pegó a la piel, se volvió una sola cosa, y que, sin saber qué hacer, la mamá de mamá le arrancó el vestido y con él también la carne de su pechito infantil y que tanto era el dolor, tanto, la desesperación de verse el pecho desollado, que quiso lanzarse por la ventana a una acequia que había debajo de la casa y que, para detenerla, su mamá la abrazó por el pecho en carne viva: ella se desmayó de dolor. Sé que la cicatriz, esa piel de anciana en una mujer joven, la avergonzó toda la vida. Sé que la mamá de mamá prendía fuego a las madrigueras de las ratas y luego las taponeaba con piedras y que mamá, por la noche, intentaba curar las heridas con mentol a las ratitas chamuscadas.

Mamá contaba todo eso y muchas más cosas, muchas, pero ninguna historia de terror. Yo estaba obsesionada porque sabía que las había, tenía que haberlas. Papá siempre había vivido en la ciudad y tenía unos recuerdos que luego venían a mi cabeza, sin avisar, a la hora del sueño. Uno era sobre su amiguito Jo, muerto en un accidente, que ciertas noches, sobre todo las de luna llena, lo invitaba a salir a jugar desde el otro lado de su ventana. El otro era el de la noche de los ruidos raros, como de algo con pezuñas, en su cuarto cuando él estaba abajo. Subió y encontró la madera del suelo con manchas oscuras, quemada, también rascada y llena de virutas.

Mamá, que había pasado mucho tiempo en el campo, en la casa de su abuela, debía de tener unas historias mucho mejores. O iguales. O peores. Pero alguna. Como yo creía en las historias de papá, estaba segura de que lo maligno existía y, como existía, mamá tuvo que haberlo conocido.

Por fin me contó su historia una noche horrible, la noche de la perrita.

Los vecinos habían dejado una cachorrita botada en el porche sin comida ni agua y, tras un par de días de escuchar su llanto y de echar pan remojado en leche y ver cómo lo devoraba, papá había decidido meterse con una escalera y sacarla. Fue una locura porque no me dejaban tener perros y, de pronto, ahí estaba en nuestra casa la perrita más linda del mundo, con su cara de peluche y sus ojos como dos canicas negras. La perra le cabía entera a mi papá en la mano y ahí se dormía luego de lamerle los dedos. Además de la fiesta de jugar a que tenía una mascota, había otra fiesta más bonita que era ver a mi papá tan vivo, tan mío y de mamá, y no de la calle, de otra gente.

Esa noche fuimos a cenar donde los abuelos y, por supuesto, llevé a la perrita y, por supuesto, le amarré un lazo rojo en el cuello. Le puse un recipiente con agua en el suelo y allá fue, moviendo su diminuta cola, con ese lazo más grande que ella. Poco después la vimos boca arriba, la lengua afuera, con estertores y echando una espuma amarillenta por la boca. La mamá de papá ponía veneno contra las ratas por toda la cocina y la perrita comió de eso. Así terminó. Agonizó unos pocos segundos y murió ante mis ojos que mi mamá intentaba tapar en vano: la trompa contraída mostrando sus dientes, el lazo rojo como una hemorragia por el suelo, las patitas tiesas. La habíamos salvado del sufrimiento del porche vacío para matarla. Sí, mi familia lo había hecho. Yo lo había hecho. Esa noche, en la cama, después de pedirme que dejara de llorar, que la iba a hacer llorar a ella, mamá empezó a contarme.

Nunca sabré por qué eligió ese momento, un momento para hablarme de colores y de vacaciones y de helados con chispas de chocolate, para contarme de El que silba, pero lo hizo.

Empezó hablando de una perra que ella tenía, la Loba, una perra de raza indefinida, grande y sabia, un animal que conocía los sentimientos humanos y los compartía. Era, dijo mamá, casi gente. Loba había tenido una camada de ocho perritos que eran unas criaturas hermosas, pero que, y eso era lo más terrible para mamá, su belleza no pudo salvar: habían muerto de alguna peste uno tras otro, semana tras semana. Ninguno pasó los seis meses de vida. Loba se había vuelto loca, buscaba a sus animalitos por toda la casa, lloriqueaba en la esquina donde había parido, olisqueaba los rincones y ponía su enorme hocico en la falda de mi mamá y la miraba con unos ojos enormes color caramelo como preguntando ¿dónde?, como pidiéndole explicaciones. Mamá, igual de triste, había decidido irse con su perra al campo, a la casa de su abuela, para pasar el duelo.

La casa de la abuela de mamá era una casa elevada, de una caña tan vieja que ya estaba gris, de esas que se ven en la carretera cuando vas de un sitio bueno a otro. Mamá se llenaba de poesía al describirla, como la casa de una abuela de cuento, pero sabía que era una fantasía. Los lugares donde una ha sido feliz siempre se recuerdan hermosos. Era, en verdad, la típica casa desvencijada de los campesinos de la zona: opulenta en madera podrida, insectos y latón, sin retrete, agua o electricidad. Ahí vivía la abuela de mamá, ya sola, porque el abuelo de mamá se había largado con otra mujer cuando mamá era niña. Ahí apareció mamá un día con su perra huérfana de cachorros y una maleta.

La abuela de mamá era una señora gordota, alegre y querendona que le permitía todo. Mamá se levantaba tarde, iba y venía de la playa trayéndole conchas marinas y flores salvajes de regalo. Comía cuando y cuanto le apetecía, montaba a la yegua sin silla, vestía pantalones cortos o no vestía nada, bebía cerveza, se fumaba algún mentolado y se quedaba hasta la madrugada escuchando los cuentos chistosísimos de su abuela o la novela de moda en una radio de transistores.

La abuela de mamá trabajaba en su campito. Esa era su fortuna, tenía gallinas, algunas ovejas, la yegua y una vaca tan plácida, comelona y crédula como ella. Mamá se había asignado ciertas labores: iba a comprar el pescado que, de tan fresco, venía dando coletazos en la malla por el camino, ordeñaba a la vaca y separaba la nata de la leche para que su abuela la batiera e hiciera mantequilla blanca, daba de comer a los animales, recogía los huevos todavía calientes –como si estuvieran recién hervidos– y contemplaba a su abuela hacer con esos mismos huevos un pan exquisito, tiernísimo.

Era un mundo autosuficiente, un mundo sin miedo, un mundo feliz. Lo que quiere decir exactamente que mamá y su abuela eran autosuficientes, sin miedo, felices.

El cuento, la noche del envenenamiento de la perrita, pudo, debió, acabarse en ese momento. Mamá, su abuela y su perra viviendo un matriarcado alegre y descomplicado, sin corsé ninguno, rompiendo la madrugada negra como boca de lobo, sin electricidad, sin vecinos, con carcajadas salvajes por algún chiste sobre pedos, sobre sexo o sobre hombres estúpidos.

Sí, el cuento tenía que terminarse entonces, pero mamá siguió.

Una noche de tormenta de esas que en el campo llaman palo de agua, tal vez porque parece que la lluvia apaleara al mundo, la abuela de mamá le advirtió sobre El que silba. Llevaba tiempo tratando de advertírselo, pero ahora era urgente: una chica del pueblo vecino, la sexta del año en la zona, había desaparecido pocos días antes –era una muchachita libre, como tú, hijita, dijo la abuela de mamá– y la gente estaba segura de que a todas esas niñas desaparecidas les había silbado El que silba.

Mamá se pegó mucho a su abuela y pensó en las chicas desaparecidas, en ella misma desaparecida, o sea una sombra negra, amordazada por las tinieblas, en la noche negra, mientras la gente que te quiere prende fósforos para tratar de encontrarte hasta que se cansa de quemarse los dedos con la llama inútil y deja de buscar. La abuela de mamá se puso seria y le rogó que si escuchaba un silbido no se asomara a la ventana por nada del mundo, que a veces las chicas se asoman por curiosas, por aburridas, por solas o por enamoradas.

—Aunque creas que soy yo, aunque suene exactamente como mi silbido, aunque después del silbido escuches mi voz diciéndote que me abras, que me pasó algo, que tuve un accidente. No te asomes, mijita linda, aunque escuches la voz de tu papá o de tu mamá o de alguien que quieras mucho, del amor de tu vida, de tus hijos. Aunque te ordenen que te asomes, aunque te amenacen, aunque te rueguen, aunque lloren, aunque te prometan el oro y el moro, aunque digan tu nombre una y otra vez. Por favor, prométeme que si escuchas a El que silba no te vas a asomar.

—¿Qué pasa si te asomas?, preguntó mamá.

—Cosas demasiado espantosas para contárselas a una niña, mamita. Prométeme que no se va a asomar nunca, prométame.

—Abuelita, ¿usted alguna vez escuchó silbar a El que silba? La abuela no contestó.

Y mamá prometió y, aunque quería preguntar más cosas, no preguntó porque su abuela le advirtió que hablar mucho de El que silba atrae a El que silba. Mamá se quedó toda la noche así, aterrada, escuchando el corazón tan querido de su abuela que tampoco pudo dormirse hasta que se hizo de día.

A los meses, el papá de mamá fue a buscarla, a decirle que tenía que volver para terminar el colegio. Que después ya haría lo que quisiera. Mamá berreó, su abuela berreó, pero el papá de mamá le dio la única razón a la que mamá no podía negarse.

–Hijita, vuelva, usted es la única que me quiere en esa casa.

Mamá adoraba a su papá mucho más de lo que se quería a sí misma. Se subió en la camioneta con su perra, flacucha como un galgo de perseguir cangrejos y espuma de mar, y dejó la casa de madera feliz sin saber que era para siempre, que su abuela a los pocos meses se caería muerta en el campo, en medio de los choclos, y que su papá, de la desesperación, la culpa y la tristeza, malvendería la casa, el terreno y los animales.

El dolor de la muerte de su abuela no volvió loca a mamá porque estaba enamorada de un chico y ese chico era todo lo que mamá soñaba. Fantaseaba como posesa con el día en que él la separaría de esa casa, de los golpes de su mamá, de sus hermanos robándole todo, metiendo a la casa a sus amigos, de pronto convertidos en hombres que la miraban. Lloró a su abuela a gritos, día y noche, pero el llanto le hinchaba la cara y los ojos y el chico dijo que se veía bien fea y que a él le gustaba ella bien guapa. Se dejó el dolor en la panza, inconcluso como un fetito muerto.

Al cabo de un mes, mamá ya paseaba sonriente en el carro deportivo de su enamorado. Una noche, después de haber bailado canciones lentas en el club social, el chico regresó a mamá a su casa y antes de irse le pidió un beso. Mamá dijo que no, no por puritana, sino por el terror de que su mamá la matara a palos. El chico se fue entre chillidos de llantas y rugidos de motor.

Antes de irse, la llamó estrecha, cruel, inhumana.

Esa madrugada mamá escuchó un silbido debajo de su ventana: el silbido de su enamorado. Quería hacerse la difícil, hacerlo pagar su malcriadez, pero el chico silbó y silbó y mamá escuchó una guitarra de serenata y al muchacho cantando te quiero, te adoro, mi vida. Se levantó, descorrió las cortinas y se asomó para gritarle que ella también, pero ahí no había nadie.

Eso dijo mamá y se quedó callada, pensando. Al rato volvió a repetir que no había nadie.

–Me asomé y no había nadie.

Se acordó de su abuela y esperó, muerta de miedo, a ver si alguien la desaparecía, si sucedían cosas horribles, algo. Pero no pasó nada fuera de lo normal: fue al colegio, su mamá le pegó por llegar tarde, su amiga le enseñó a hacerse la raya en el ojo, su papá descubrió que le habían tirado todas sus camisas y sus pantalones buenos a la calle y lloró en silencio, sus hermanos le dijeron que si se enteraban de que se había acostado con alguien la matarían, hizo una torta de chocolate para vender en una kermés.

Al cabo de unos días, mamá conoció al hombre de ciudad en una celebración patria, disfrazada de soldadito y sintió cuando él le habló –eso dijo– como si por la boca se le hubiera metido un colibrí vivo de todos los colores.

Mamá dejó esa misma noche al enamorado del carro deportivo y, al año, ella y papá se casaron en una boda épica donde se comieron todos los camarones del mundo, compraron electrodomésticos, se mudaron de ciudad, les nació una niña, vacacionaron en la playa, se deformaron las cabezas hasta volverse irreconocibles para sí mismos, aprendieron los códigos ocultos en el silencio de cada uno, se llamaron con nombres inventados y con ruidos en clave

–papá tres silbidos agudos, mamá una nota tarareada– se quisieron, se odiaron, se volvieron a querer, se hicieron mayores y un día salvaron a una perrita del abandono para que se muriera pocas horas más tarde envenenada con matarratas.

Papá dejó de querer a mamá cuando yo tenía unos quince años. El trago barato se percibía en su aliento a pesar de las bolitas de caramelo, aparecían espejos de mano y labiales fucsia en la guantera del carro, una mujer llamó un fin de año a las doce de la noche y él dijo que era una amiga, pero papá no tenía amigos, mucho menos amigas.

Mamá sabía, claro que sabía, pero nunca abrió la boca. La voz empujada a la oscuridad de la garganta, como un rehén de terroristas. Salían a hacer la compra, asistían a eventos, él hablaba y ella contestaba, y mamá, otra vez, dejaba que se le pudrieran en la barriga, como un hijito contrahecho, fallido, las ganas de llorar y de gritar. La casa entera se llenó de algo tóxico, un vertedero. Lo de papá ocupaba todo el oxígeno disponible y nosotras respirábamos bajito, pegadas a la pared, en las esquinas, pequeñas dosis de algo mortífero.

–¿Por qué no gritas, mamá? ¿Por qué no lo mandas a la puta mierda? ¿Por qué no le envenenas la comida? ¿Por qué no le cortas toda la ropa con las tijeras de jardinero? ¿Por qué no le pides el divorcio, mamá? ¿Por qué no dejas de mimetizarte con el sofá, con las cortinas, con el papel tapiz, camaleón estúpido, y no sales de ahí, de donde sea que estés y lo obligas a mirarte a la cara? ¿Por qué no das alaridos de loca, mamá?

Yo nunca hice esas preguntas. Siguieron juntos.

Mamá aguantó y aguantó, incluso cuidó a papá cuando el cáncer lo dejó hecho una piltrafa y no podía ni llegar al baño, pero sí podía mandarle mensajes a la otra mujer y, quién sabe, tal vez a otro hijo, otra hija. Lo cuidó cuando la respiración de papá se convirtió en un lento y largo silbido agudísimo que perforaba los oídos. Lo cuidó hasta su último día y lo lloró en el entierro. No quise formular las preguntas que harían que mamá se avergonzara de su vida entera, de darle el lado derecho de la cama y el mejor trozo de pavo –la carne blanca en filetitos– a su verdugo, del emborronamiento de su amor propio, de su condición de mujer miserable y prisionera, de su callar por miedo a que papá la abandonara, un silencio brutal, como una mano enorme de verdugo que te tapa la nariz y la boca mientras silba.

ELEGIDAS

Tus muertos vivirán, junto con mi cuerpo muerto resucitarán.
¡Despertad y cantad, moradores del polvo!
porque tu rocío es cual rocío de hortalizas;
y la tierra echará los muertos.

Isaías 26: 19-20

CAMINO A MAR BRAVO hay un cementerio para pobres. Se convirtió en sitio de peregrinación de los elegidos porque cuatro de los suyos fueron enterrados ahí. Entre tumbas con flores de mentira decoloradas por el sol, lápidas rotas en las esquinas y hierbajos, lloraban las chicas de piel centelleante, con sus blusas blancas, sus pantaloncitos de jean, sus abalorios y sus sandalias de tiritas. Se abrazaban y se acariciaban las cabecitas, como ninfas ante el cadáver de un cordero. A su lado, sin llorar, pero con las manos apretadas a la altura de la entrepierna, los machos de esa especie: chicos con el pelo cayéndoles sobre los ojos, con los brazos deliciosamente duros. Pecosos, lampiños, silenciosos y adustos como genios o como imbéciles, guapos hasta el miedo.

Entre ebanistas, costureras, pescadores y bebés malnutridos desde el vientre sepultaron a los cuatro surfistas de Punta Carnero. Los padres habían decidido que sus hijos estuvieran en aquel cementerio gris y no en el de los ricos, con ese césped verde cotorra, rosas frescas, rojas y sinvergüenzas, traídas en camión refrigerado y lápidas de mármol con inscripciones religiosas y apellidos larguísimos. Querían que los cadáveres de los ahogados más hermosos del mundo estuvieran para siempre junto al mar. Eran cuatro, heredarían la tierra. La noche anterior a la muerte habían roto setenta y siete corazones en la fiesta del Yacht Club besuqueando y agarrándoles la nalga sobre el vestido veraniego a sus flamantes noviecitas. Al amanecer, todavía borrachos, se enfundaron el neopreno negro y así, como disfrazados de calavera, salieron a surfear en marejada, convencidos de su inmortalidad de niños dioses. El mar los escupió al séptimo día, blandos y blanquecinos como recién nacidos.

Nosotras casi siempre nos poníamos a beber ahí afuera del cementerio de Mar Bravo porque, ¿qué más íbamos a hacer? Las fiestas eran privadas, solo con invitación. Chicos preciosos invitando a chicas preciosas, chicos regulares invitando a chicas preciosas, chicos feísimos invitando a chicas preciosas. Puertas parecidas a las del cielo que se abrían para otras que no éramos nosotras. Una vez intentamos entrar y el guardia dijo que era una fiesta para gente conocida y le contestamos: ¿conocida por quién? Pero el hombre ya estaba levantándole la pretenciosa seguridad, barras con cordones de terciopelo color sangre, a una chica atlética, nítida y sonriente como salida de un comercial de tampones. Moríamos por saber qué pasaba detrás de esas puertas, aunque instintivamente sabíamos que no habría lugar para nosotras allí, que nuestros defectos se multiplicarían hasta tragarnos, que seríamos una hipérbole de nosotras mismas, espejos de feria andantes: la gordota, la marimacha, la larguirucha, la aplastada, la contrahecha. Así como las chicas guapas juntas potencian su atractivo, solapando con sus virtudes grupales cualquier defecto y se embellecen unas a otras hasta brillar como un solo gran astro, las chicas como nosotras cuando estamos juntas nos transformamos en un espectáculo casi obsceno, exacerbados los defectos como en un freak show: somos más monstruas.

Sabíamos, claro que sabíamos, que ni los más desesperados, ni los obesos, ni los nerds, ni los oscuros se nos acercarían. A las chicas como nosotras solo se acercan otras chicas como nosotras. ¿Para qué intentarlo? Éramos libres de ir a cualquier sitio y odiábamos eso: queríamos tener la falta de libertad de las hermosas, que los brazos de los novios nos doblegaran como yuntas, coger en el cuartito de la piscina, al apuro y sin preservativo, que nos dejaran la marca de sus dedos gordos de jugar béisbol en las nalgas con celulitis. Queríamos que nos penetraran a la fuerza y gritar en cada embestida sus nombres bellos de hombres bellos. Queríamos despernancarnos para ellos y agarrarnos de sus melenas perfectas en el orgasmo, quedarnos con matojitos de pelo color arena entre los puños cerradísimos. Queríamos hacer con el néctar de sus sexos dulces cocteles, pócimas de brujería. Queríamos desaparecerlas a ellas, rebanarles la cabeza con machetes de fuego. Queríamos entrar entre truenos y voces y relámpagos y terremotos a esas fiestas privadas montadas en yeguas voladoras y hacer caer sobre esas idiotas preciosas un mar de grillos y serpientes. Queríamos que las niñas bonitas se arrodillaran ante nosotras, amazonas poderosísimas, y que vieran con impotencia a sus hombres subiéndose arrobados y dóciles a la grupa de nuestros animales. Queríamos, queríamos, queríamos. Éramos puro querer.

Y pura ira.

Llegaría el día, sí señor, en el que todos se fijarían en nosotras y dirían a quien pudiera escuchar: ámenlas. Ámenlas, ese mandato recorriendo la tierra. Ese día llegaría: el día de limpiar todas y cada una de nuestras lágrimas.

Mientras tanto, teníamos carro, teníamos dinero, teníamos la noche y no teníamos nada.

Parqueamos afuera del cementerio con mucho trago, mucha maría, muchas pastillas y muchos cigarrillos. Al menos eso teníamos, la posibilidad de enviciarnos, de mancillar nuestros cuerpos con algo perverso, de sentirnos malas chicas. Vírgenes, increíblemente obscenas. Mórbidas, solas. Qué bueno hubiera sido desearnos entre nosotras: desear nuestras lengüitas amigas, alcanzar el éxtasis con los dedos de unas y otras dentro de unas y otras, buscar el jugoso amor de carne y flor entre nuestras piernas. Qué diferente ser amante de ser perdedora, pensar en las puertas de las fiestas privadas nada más para agradecer no tener que estar ahí dentro, aburridas, con la lengua erecta de algún imbécil empapándonos el oído o dejándonos marcas horribles en el cuello. Había que haberse amado entre chicas, pero somos lo que somos y lo que somos es casi siempre brutal.

Estábamos a oscuras salvo por la luz del carro. Por la vía a Mar Bravo pasaba muy poca gente, quizás una pareja que fuera a coger al mirador, quizás algún suicida. La noche era propicia para rituales de sexo, muerte y resurrección. La luna chorreaba rojo sobre el mundo como una joven desvirgada y en la radio sonaban canciones de hombres enamorados de mujeres que nunca seríamos nosotras. El cementerio bajo esa luna parecía a punto de romper a hervir. Cada una le puso a la otra una pastilla en la lengua y nos fuimos pasando la botella hasta dejarla muy por debajo de la mitad. De pronto pensamos en los ahogados de Punta Carnero y en esa belleza que trascendía la vida y que seguro también había trascendido la muerte. Pensábamos en esos hombres adoradísimos, deliciosos chicos imposibles en sus fiestas y en sus olas, ahora durmiendo a nuestro lado. Nos bajamos del carro y entramos en hilera al cementerio a bailar a la luz de la luna de sangre agitando nuestros vestidos claros y nuestras melenas nocturnas. Bailamos como si nunca hubiésemos bailado, como si siempre hubiésemos bailado, como si hubiéramos llegado a la fiesta del fin del mundo y el guardia, al vernos, hubiera levantado el grueso cordón de terciopelo con inmensa ceremonia. Bailamos como novias en su noche de bodas y así, como en un encuentro sexual pospuesto hasta el delirio, nos fuimos arrancando la ropa unas a otras hasta quedar desnudas frente al silencio de los muertos. Danzamos arrastrando los vestidos como si fueran serpentinas de flores y nos besamos en los labios y nos tocamos los pezones erectos aullando de amor. Cantamos himnos de venganza con fondo de ensordecedoras trompetas imaginarias. Éramos ángeles derramando justicia sobre nuestros cuerpos y nuestros deseos, abriéndonos al mismo tiempo que las flores nocturnas, exhalando como ellas un olor a almizcle y a mar. Buscamos a nuestros chicos entre los muertos y descubrimos que alguien había llegado antes. De los ataúdes semiabiertos se escapaban algunas manos que brillaban como metal a la luz de la luna. Conservaban su ropa, trajes azules o negros que seguro usaban para llevar a los bailes a chicas hermosas vestidas en tonos pastel. Se habían llevado los zapatos, también los relojes, cadenas, anillos y todo lo que se puede morder para saber si es valioso, pero les habían dejado el pañuelito en el bolsillo de la chaqueta, el pañuelito que nos secaría todas las lágrimas.

Los sacamos a bailar y dijeron que sí y bailaron con nosotras, primero tímidos y distantes, luego cada vez más cerca, con sus caras frías en nuestros cuellos tibios. Dijeron, estamos seguras de que dijeron, que preferían estar ahí que en cualquier otro sitio, que nos preferían a nosotras que a las princesitas de sus reinos. Después del baile nos sentamos sobre tumbas, cada una con su chico perfecto, a contarnos las cosas que soñábamos, a reír como los tontos, a pedir un beso con ojitos entornados. Llegó el beso y llegó la locura, el deseo dando patadas violentas como olas contra nuestras espaldas. El amanecer nos encontró desnudas sobre los sexos erectos de nuestros amados, montadas sobre ellos, cabalgándolos ferozmente como jinetes que se precipitan sobre el mundo para destruirlo.

HERMANITA

A MARIELA la conocimos el primer día de tercer curso. Llegó como un sherpa: cargando esa maleta sucísima y repleta de quién sabe qué mientras nosotras nada más teníamos un cuaderno y una cartuchera con plumas recién compradas y lápices preciosos, afiladísimos. A todas nos llamó la atención esa chica blanquinosa, flaca, jorobada como un signo de interrogación, con un uniforme que le quedaba pequeño en el pecho y unas medias tan diminutas que parecía que no llevara nada. Tal vez no llevaba nada. Tampoco se había puesto la enagua, que era obligatoria, y se le transparentaba el calzón rosado: las monjas la amonestarían el primer día, qué horror, dónde estaba su mamá cuando ella salió de su casa.

Si hubiera sido mitad de año, tal vez Mariela no hubiera resaltado tanto como una cagarruta en leche hervida, pero era el primer día de clase, todas estábamos impecables, los pelos templados, con todas nuestras cosas de estreno, chirriantes de tan nuevas y ella, la verdad, es que no olía del todo bien.

En ese primer recreo se definirían los destinos de todas y el de Mariela quedó para siempre en el lado de las *outsiders*. De las *outsiders* de las *outsiders*. Puritita periferia.

Fue, se plantó en un lado de la cancha de vóley y esperó a que llegaran las otras chicas a jugar con ella. Ninguna se acercó. Se quedó allí botando la pelota hasta que sonó el timbre. No pareció importarle en absoluto. Volvió a clase como un perro que, al no encontrar otros perros, fue muy feliz jugando con un palito.

En el transporte a la casa mi prima la conoció. Mariela parecía ser como una niña pequeña: torpe, entusiasta, fácil. Llevaba el pelo grasiento suelto en penachos separados por un montón de vinchas de colores, se reía con la boca muy abierta enseñando unos dientes diminutos con las puntas oscuras y cuando achinaba los ojos –era miope, pero no llevaba lentes– tenía la expresión de un cachorrito desgonzado.

Mi prima nunca tuvo amigas sino secuaces y Mariela era perfecta para eso porque todo parecía indicar que tenía una falta de voluntad que rayaba en lo zombi. Y tenía plata en el bolsillo. Y piscina. Y, sobre todo, parecía no darse cuenta de que mi prima se estaba aprovechando de ella, de que no la quería de verdad.

La amistad entre ellas creció rápido y yo, que era un aparato dental que mi prima se ponía y se sacaba a conveniencia, entré al vínculo a medias. La forma de compartir de mi prima era cualquier cosa menos desinteresada: yo nací para ser su segundona, su esbirra. Así lo escribió a fuego la familia en mi piel y así, claro, me trataba ella.

Hay gente que nace para desarrollar el instinto maligno de sus parientes, su deseo de dominación, su perversidad.

En la sobremesa, como generales desquiciados frente al mapa de las zonas enemigas, los adultos acorralaban, atacaban y arrasaban con nosotras. Decidieron que yo, morena, patucha, tosca, regordeta, fuera el territorio enemigo, la mácula en la sangre, eso que salió de las porquerías que hizo algún ancestro con los oscuros. Mi prima, en cambio, era la raza limpia, superior, la imagen que querían que tuviera la gente al decir nuestro apellido en alto.

Predestinación, que le llaman.

La carcajada idiota de Mariela servía a mi prima como una risa ventrílocua: no soy yo quien se ríe de ti, primita, es Mariela.

Peor era quedarse en casa y que mis padres me compadecieran por perdedora, que mamá entrara cada cierto tiempo a mi habitación a sonreírme con la sonrisa más nauseabunda: la de qué cagada que seas tan gorda, me das lástima, todo lo que te estás perdiendo, lo bueno de la vida, la mirada ardorosa de los chicos, ser deseada, linda y que mi papá le montara la clásica pelea de tú no te ocupas de ella, mira lo enorme que está, ponla a hacer ejercicio, haz algo, es tu hija.

Cuando éramos niñas, mi prima y yo usábamos la misma talla y comíamos las mismas cosas. Nos encantaban la leche condensada, los granizados de rosa, el pan recién comprado, las gomitas, el arroz con choclo. Cuando crecimos a mí me siguió gustando todo eso, pero a ella ya no. Con la comida se fue también su humor, su gracia, lo que era antes de los espejos. Supongo que tener hambre todo el tiempo te vuelve despiadada. La gente la felicitaba por eso, la abuela casi rompía a aplaudir cuando la veía.

No debía ser tan malo tener apagada la luz que da vida a cambio de ser flaca.

Yo todas las noches rezaba por apagarme como ella, adelgazarme como ella, reconvertirme como ella y al día siguiente, al primer gruñido del estómago, sabía que dios no me había hecho el milagro. Odié al dios que me creó a su imagen y semejanza: me odié a mí misma.

Muy pronto, en meses, dejamos de ser nosotras. Con la distancia de las tallas –ella 8, 6, 4, yo 10, 12, 14– creció otra distancia insalvable. Ella pasó al lado de los ganadores y yo, por mucho que estirara mis dedos regordetes, jamás la volvería a tocar.

Me quedé sola. Una gorda sola.

La brecha entre las dos, que la abuela rascaba con la uña dura del índice para hacerla más profunda, se volvió dolo-rosísima, carne viva: ella era delgada y yo no, ella era bella y yo no, ella era popular y yo no, ella era querida y yo no.

–Qué buenamoza se ha puesto tu prima, ¿no crees?

Para mi prima el peor terror era la gordura, la suya. A veces comía muy poquito y a veces comía mucho, mucho, mucho y lo vomitaba todo. Desaparecía en el baño una hora después de cada comida y yo la escuchaba hacer ese ruido horrible de cuando quieres sacarte del cuerpo algo que el cuerpo no quiere expulsar. El exorcismo, le decía ella.

–Ya vengo, voy a hacerme un exorcismo.

Cuando mis tíos la obligaban a sentarse a la mesa era un suplicio. Alguien le dijo que había que masticar cien veces cada bocado para no engordar. Cuando todos ya teníamos el plato vacío, ella apenas iba por el tercer o cuarto trocito. Un día me di cuenta de que esos trocitos masticados se los metía al descuido en los bolsillos del uniforme.

Una tarde de calor insoportable yo estaba tirada en su cama viendo televisión y ella, como siempre, saltando, haciendo aeróbicos o bailando. De pronto la vi agarrar la tijera, la tenía siempre a mano porque con ella cortaba modelos y actrices de las revistas y las pegaba en el espejo, las ventanas y las paredes. Me contó que por la noche los ojos de las modelos se ponían rojos y le gritaban con una voz espantosa cerda, cerda, cerda. Le pregunté que por qué no las arrancaba. Me contestó que porque le gritaban cerda, cerda, cerda.

Se puso la tijera contra la cara interna de los muslos. La miré aterrada. Agarró con las dos manos un trozo de carne y metió la tijera en medio. Me dijo que nada la haría más feliz que cortarse esa gordura. Empezó a darse con los puños cerrados en las piernas y el estómago y a llorar pidiendo a dios que la adelgazara.

–Los odio, los odio, los odio, los odio.

Yo le dije que yo la quería, que quería cada parte de ella, que desde niñas ella había sido todo para mí, lo más hermoso, y me contestó que eso, mi amor, no le servía para nada.

Cuando Mariela entró a nuestras vidas mi prima ya era una adolescente flaca que la familia consideraba la perfección de sus genes y de la que todos los chicos estaban enamorados. Yo, en cambio, era un moco que la acompañaba como algo fatal, un bufón, una nube oscura y fea pero necesaria para resaltar su luz bienamada. Ella era el sol de nuestro apellido, la heráldica que importaba.

Mi abuela me lo dejó claro un día en que le pregunté qué me iban a dar por Navidad.

–Hasta que no adelgaces tus regalos se los vamos a dar a tu prima.

No era verdad del todo. Ojalá lo hubiese sido. A ella le regalaron la Barbie Crystal con la que yo soñaba y a mí la Barbie embarazada. Me dijo al oído que yo tenía la misma barriga que mi muñeca. Se lo conté a mi mamá y se echó a reír.

Hay una edad en la que te pierdes o te ganas.

Mi prima se ganó. A mí me dejaron perderme.

La casa de Mariela ya no estaba en los barrios de moda. Los ricos se mueven como las cabras, todos juntos, y ahí donde antes había sido imprescindible vivir se habían quedado esas mansiones, blancas y solemnes, para que las ocuparan institutos tecnológicos, iglesias evangélicas o fantasmas. En esa zona el estero lame los patios y las culebras, las iguanas, las ratas y los bichos paseaban por las calles a toda hora, como propietarios.

La casa era enorme, enorme de verdad. En el salón entraba toda mi cuadra. Tenía un comedor igual de gigantesco y una escalera de un mármol que parecía derramarse desde el segundo piso al suelo. El salón tenía unos ventanales inmensos que daban a una terraza desde la que se veía el patio, la piscina y, muy atrás, el estero, el ojo que a todos nos ve.

A diferencia de todas las otras casas que conocíamos, en la de Mariela desde el primer minuto sabías, sentías, que podías hacer lo que te diera la absoluta gana.

Había algo ahí con tufo a abandono, el tufo de Mariela, de los pordioseros. Las plantas crecían o morían sin ayuda de nadie, se ponían amarillas si no llovía y verdes si llovía. Por todas partes había ropa sucia, medias y zapatos. Los muebles finísimos estaban rayados y sucios, los sillones sin cojines, descoloridos por el sol salvaje de esta tierra, el sofá abierto por la mitad como si le hubieran hecho la autopsia.

Cada vez que íbamos parecía haber menos cuadros, menos jarrones, menos espejos, menos elegancia: una mudanza al revés. Mariela decía que esas cosas eran caras y que por ellas siempre le daban buen dinero. No sabíamos si creerlo, pero la verdad es que aquello parecía una mansión cuyos dueños, en bancarrota, abandonaron antes de exiliarse.

El silencio era increíble. Se sentía todo lejos, esponjoso, irreal. A veces nosotras también nos alejábamos una de la otra como las islas que éramos: tres criaturas solas que aprendían a ser mujeres sin la bondad de nadie.

Tiradas alrededor de la piscina, donde el césped se había convertido en maleza, nos hundíamos hasta casi desaparecer y fantaseábamos con chicos, discos, ropa, maquillaje, mientras por dentro crecían otros deseos y otros miedos como algas, como hongos, como garras, como venéreas, como gases letales.

El amor, por ejemplo, ser amada y amar, nos mordía los tobillos mientras hablábamos de otra cosa y la voz de niña se convertía en la voz de una mujer que miente.

Mientras repetíamos las coreografías del último vídeo de moda, mientras bailábamos copiando a nuestros artistas favoritos, la marea interior iba cambiando, creciendo, asustando a los pájaros, horrorizando a los angelitos de la guarda, enfermándonos.

La edad de la inocencia es la edad de la violencia.

Una de esas tardes mi prima y yo nos quejábamos de nuestros padres, de su ceguera tan voluntaria, de sus agresiones disfrazadas de preocupación, de su manera violenta de darnos la espalda mientras nosotras, adolescentes, ese otro tipo de recién nacido, llorábamos y llorábamos de todas las formas posibles por un poco de consuelo.

Mariela, que nunca hablaba de los suyos a pesar de que se lo preguntábamos todo el tiempo, dijo que sus padres hubiesen preferido que ella fuera la muerta. No le respondimos nada. Las tres nos quedamos mirando al cielo, enterradas en la ciénega, solas y pudriéndonos como cadáveres.

Las niñas gordas se alimentan de decepciones. Las niñas famélicas se alimentan de impotencia. Las niñas solitarias se alimentan de dolor. Las niñas siempre, siempre, siempre, comen abismos.

–¿Tienes hermanos, Mariela?

–No. Una vez soñé que tenía una hermanita, era preciosa, chiquitita y mis padres estaban locos por ella. Dejaron de hacerme caso. En el sueño pensaba que si la ahogaba en la piscina volverían a quererme. Después me desperté.

Se encogió de hombros y se lanzó al agua.

El agua era pura mugre, leche verdosa, un pantano. Yo hacía lo que podía para que nos pudiéramos bañar sin miedo. Con el recogehojas sacaba grillos, murciélagos, cucarachas de agua, flores, ramas, alguna iguana y hasta ratas ahogadas, pero del verde del fondo, tupido como gamuza, no había cómo deshacerse. Procurábamos nunca tocarlo para que no se mezclara con el agua. Yo a veces me hundía y con la punta del pie rozaba esa superficie aterciopelada y me daba asco, pero también placer: el agua enseguida se enturbiaba y parecía que flotabas en algo que no era agua, tal vez líquido amniótico, formol, jugos gástricos.

El trópico todo lo degrada, lo envilece.

A mí no me gustaba mucho la parte de quitarse la ropa porque ellas, Mariela y mi prima, eran delgadas y yo no y sabía que miraban mis lonjas y mis muslos de chancha, comparándolos con las piernas larguísimas de mi prima y el vientre plano de Mariela, pero luego no había quién me sacara: en el agua era una sirena y no me importaba que mi prima me considerara su mascota o que Ricardo, el chico que yo amaba, estuviera enamorado en secreto de ella y no de mí.

A veces ellas se envolvían en toallas y se metían de nuevo a la casa y yo me quedaba sola ahí en la piscina, haciendo piruetas, bailando, soñando que era así de ligera en la vida real. A veces se hacía de noche y yo seguía sumergida, acariciada por las algas, en la oscuridad, en esa agua cada vez más negra y más parecida al mar. A veces sentía que algo como una mano me agarraba el tobillo y pensaba llévame contigo, cosa del agua, llévame donde quiera que tú vivas.

Un día que estaban los chicos, mi prima propuso jugar a la botella de preguntas. Ella sabía que mi amor por Ricardo me dejaba sin aliento, que le escribía poemas en los cuadernos de todas las materias y que le dedicaba canciones de amor por la radio sin decir mi nombre.

Las pasiones de las gordas dan risa, como cuando un perro muy pequeño intenta montar a uno inmenso, como cuando un mono ama.

Varias veces la botella cayó para que mi prima le preguntara a Ricardo y todas esas veces le preguntó lo mismo:

–¿Te gusta mi prima?

–¿Por qué?

–¿Por qué?

–¿Por qué?

Primero contestó que no, después dijo que porque no, después que porque no le gustaba simplemente, después que porque le gustaba otra, después que porque quería amarrarse con esa otra, después, ya harto, que porque yo era muy gorda y a él no le gustaban las gordas y que por qué nadie me quitaba la comida y, al final, que porque la que le gustaba era ella y de la que estaba enamorado era de ella.

Hay momentos en toda vida en el que se entiende todo a un nivel más profundo que la propia capacidad de comprensión. Los huesos comprenden, la grasa comprende, la hamburguesa a medio digerir comprende, el páncreas comprende, la bilis comprende, las mucosas, las membranas, el vello, las uñas, cada gota de sangre comprende. Comprendí que hay cosas de los sentimientos que son como infecciones: capaces de gangrenarte entera en segundos, con una boca grotesca que te devora, un baño de mercurio por dentro, una bala de cañón. Si hubiese muerto me hubiese ido sabiendo que la existencia es puro horror y que estar viva es puro horror.

Y que una vez que lo sabes ya no puedes no saberlo.

La noche que mi prima y Ricardo se hicieron enamorados soñé que la veía flotando boca abajo en la piscina de Mariela. No me asusté.

Un viernes nos quedamos a dormir y se fue la luz. La casa era ideal para los apagones porque estaba casi vacía y las palmeras hacían unas sombras increíbles, como de gigantes con penachos, en las paredes desnudas. Además, las velas se podían prender donde fuera sin que una mamá se quejara de que la cera manchaba la madera o estropeaba el mantel.

Esa noche mi prima nos contó de los besos de Ricardo, de la lengua de Ricardo, de las manos de Ricardo y recordé el sueño. Fue la primera vez, de las muchas que vinieron en los siguientes años, en la que pensé en matarme. Fue la primera, también, en la que pensé en matar.

Qué fácil consume una vela todo lo que toca con su lengüita hambreada. Qué bien se prenden las telas, los plásticos, los zapatos de dos colores del colegio, los pelos claros y largos como el de mi prima.

El fuego come carne y no la regurgita.

Mi prima dijo que estaba aburrida y propuso jugar a la Ouija. Por primera vez en el tiempo que la conocíamos Mariela dijo que no. La mirada de mi prima fue como si le retorciera el brazo.

–¿Por qué no, Mariela?

–Porque no.

Mi prima, por supuesto, hizo tan poco caso a Mariela como se lo haría a una mosquita de la fruta y sacó un papel y empezó a dibujar el sol, la luna, el alfabeto, un sí, un no, un hola y un adiós.

Mariela se levantó y desde el salón la escuchamos. Parecía llorar o gemir o rezar o invocar. Era un sonido distinto a lo que se esperaba de ella, a su constante risa bobalicona, a su manera de cantar desafinada y chillona, a su gritito cuando alguien la tiraba al agua. Me sorprendió que Mariela fuera capaz de llorar o de hacer eso que estaba haciendo, es decir, cualquier cosa que no fuera reírse.

Mi prima jamás iba a levantarse a consolar a alguien a quien consideraba inferior, así que siguió dibujando el tablero de la Ouija mientras yo, apoyada en la pared, pensaba en la muerte, en la mía, en la de mi prima, en la de la casa y de la ciudad.

Mariela volvió. Desde lejos ya se notaba el cambio: su caminar era pesado, como el de los monstruos de las películas en blanco y negro. Callaba y miraba al suelo y en su cara había un rictus nuevo, de vieja, de viuda, de drogadicta.

Al principio pensé que Mariela, como yo, había comprendido que su lugar en el mundo era ese cuchitril que nos daba en préstamo la gente como mi prima con la condición de que les riéramos todas las gracias. Creí que esa forma de caminar, esa lentitud, esa pesadumbre venía de entender que desde ese espacio desprovisto de toda dignidad, no es posible decir que no. Aunque nos dé miedo, aunque nos hunda, aunque nos inflame los órganos de vergüenza, aunque nos haga odiarnos a nosotras mismas: la segundona debe servir su cabeza en una bandeja para que la bella hurgue en sus ojos, en las fosas de la nariz, en la boca y finalmente diga qué asco.

Pero Mariela miraba diferente, desde arriba. Esa nueva Mariela de ojos perversos y sonrisa de dientecitos negros, parecía haber decidido jugar con mi prima, que insistió en la Ouija como si no supiera lo que pasa cuando las adolescentes heridas hacen una Ouija.

Nos sentamos rodeadas de velas. Mi prima vibraba de triunfo y de superioridad, además de hermosa se sentía temeraria. Ella nos miraba con una aletita de la nariz levantada: pobre imbécil y pobre obesa, soy mejor que ustedes dos.

Empezó a mover un vaso boca abajo sobre el papel llamando a actores y cantantes muertos, pero nada pasó. Minutos y minutos, nada pasó.

De pronto se levantó una ráfaga de viento que sonaba como un perro. Apagó las velas y nos quedamos en tinieblas. Mi prima gritó. El vaso se había movido solo.

—¿Hay alguien ahí?

Las tres lo escuchamos. El vaso se deslizó con violencia sobre el papel.

Volví a prender las velas y mi prima estaba llorando. Pálida y desencajada, extendió la mano para romper el papel. Le dije que no, que había que despedir al espíritu, que si no lo hacíamos se quedaría para siempre en la casa de Mariela.

Mi prima miraba con desesperación hacia la piscina, como si esperara que algo muerto viniera hacia ella con los brazos extendidos, sin ojos, con el agua negra chorreando hacia los pies.

Con los dedos sobre el vaso, empezamos a preguntarle cosas al espíritu. Su nombre. Su edad. Cómo murió. El vaso se movía para todos lados, desesperadamente. Se salía del papel y volvía.

Mariela habló por primera vez desde que empezamos con la Ouija.

—Ella no sabe escribir.

El vaso volaba sobre el papel sin importar lo que preguntáramos. Mi prima temblaba y lloraba. Alguien le había jalado el pelo. Alguien, algo, le había mordido la mejilla. Escuchamos primero muy lejos y luego casi en nuestros oídos una risita infantil. Todas las puertas, incluso las correderas, se cerraron con un estruendo. Una bola rosada bajó dando tumbos por la escalera de mármol. El vaso salió volando y se estrelló contra una pared. Las palmeras empezaron a moverse como brujas enormes y preñadas bailando a la noche.

Mariela se levantó y le cruzó la cara a mi prima con una cachetada que sonó en la oscuridad como un trueno.

—Imbécil, la despertaste.

La voz de Mariela sonaba bestial, como un rugido de algo maligno, como cuando cae una tormenta. Mi prima preguntó en un susurro a quién había despertado. A pesar del terror, una parte de mí disfrutó de esa voz roedora, de absoluta sumisión, que escuché salir de la boquita rosa de mi prima.

–Marielita, ¿a quién?

Volvió la luz como un susto. La casa pareció hacer un ruido de sorpresa y los aparatos comenzaron a respirar ahogadamente. Mariela se levantó. Vengan, dijo, vengan conmigo.

No queríamos subir, pero tampoco queríamos quedarnos solas abajo. Seguimos a Mariela por las escaleras y por un pasillo larguísimo, alfombrado de figuras geométricas, que terminaba en una puerta que tenía el nombre *Lucía* en letras rosadas decoradas con animalitos. Mi prima, otra vez con voz de ratita, preguntó.

–Marielita, ¿quién es Lucía?

–Ahora lo vas a saber.

Abrió la puerta y lo primero que notamos fue un frío de congelador. Luego la penumbra apenas rota por una lámpara infantil que al dar vueltas proyectaba elefantitos, leoncitos y monitos por el techo y las paredes. De un aparato salía una musiquita infantil. En el centro había una cuna cubierta por unos encajes amarillentos y a un costado una cama en la que dormían dos personas muy tapadas con cobijas.

Olía raro. A pesar de que ahí dentro estaba helado, un olor a putrefacción, gaseoso y dulzón, llegaba lento hasta nuestras narices y una vez ahí se apoderaba de todo, subía hasta el cerebro, te empantanaba. Mi prima empezó a llorar y Mariela otra vez le dio una cachetada.

–A mis padres no les gusta que lloren, por eso yo no lloro.

Me quedé en la puerta mientras Mariela agarraba de la mano a mi prima y la llevaba al borde de la cunita. Quiere verte, le dijo. Quiere que la cargues. Te ha elegido a ti.

Mi prima se agachó y quitó varias mantitas como si fueran sudarios.

Entonces dio un alarido bestial. Desencajada, con los ojos desorbitados, inhumanamente abiertos, trató de salir corriendo, pero Mariela la agarró del brazo. Mi prima seguía gritando y gritando hasta que Mariela le dio un golpe tan fuerte que le empezó a salir sangre por la nariz.

La pareja que dormía en la cama se incorporó, primero la mujer y después el hombre. La mujer preguntó qué pasaba. Mariela le dijo que la hermanita tenía hambre, mucha hambre, pero que ya estaba a punto de darle de comer. La lámpara seguía dando vueltas reflejando animalitos de la selva sobre la cara horrorizada de mi prima, sobre su boca abierta de forma grotesca, sobre el pavor de sus ojos.

—Yo me encargo, mamita, no te preocupes.

SANGUIJUELAS

LA MAMÁ DE JULITO lo cuidaba como si él no fuera un niño sino un dios. Las otras mamás nos veían llorar, con las rodillas peladas y nos mandaban a lavarnos con jabón la herida y nos daban cocachos por andar peleando, muchachos de mierda, pero la mamá de Julito se levantaba desesperada, mijo, mijito lindo, y le vendaba el raspado como si fuera una amputación, le daba una galleta, le besaba el dolor y le cantaba sana, sana, colita de rana. Las señoras le decían ay María Teresa no pasa nada, estos son de caucho. Les contestaba que su Julito no era de caucho, que era de chocolate, de azúcar, de miel de abeja, de alas de ángel.

Ellas se reían con la risa especial de tomarse varias botellas del vino bueno que les daba la mamá de Julito.

Como mi mamá era la única que manejaba, al final de la tarde llevaba a las otras madres a sus casas y en el camino iban comentando sobre la mamá de Julito.

—Qué horror, como está malcriando a ese muchacho.

—Bueno, también es comprensible, es madre añeja. Pensé que María Teresa se quedaba solita hasta que salió con este embarazo. Que dios me perdone, pero si hubiese sabido que la criatura venía así yo abortaba.

—Yo no, es un hijo que dios te manda.

—¿Cómo te va a mandar dios eso? El que lo mandó fue el otro.

—Qué bestia que eres.

—Oye, pero lo tiene como un pincel. Se ha de gastar una fortuna en ropa, nunca le veo modelo repetido al monstruito. De dónde sacará la plata, ¿no? Ella solo te brinda lo mejor, buen vino, buenos quesos, jamoncito.

—De las ventas. Ella lo vende todo. A nosotras nos da gratis porque quiere que le quieran al niño.

—Oye, y nunca dijo de quién era, ¿no?

—Jamás, por eso es que la gente se inventa cosas que no son de dios.

—Bueno, por eso y porque la María Teresa es cada día más bruja y el muchachito más raro.

—¿Viste esa porquería que tiene ahí en el patio?

—No puedo, me dan ganas de vomitar.

Mientras las señoras se divertían con las cartas, nosotros nos inventábamos juegos en los que pudiera participar Julito. No era fácil, Julito no entendía nada, rompía las piezas, se saltaba las reglas y enseguida le decía a su mamá que no contábamos con él.

—Jueguen con Julito, carajo.

Las mamás nos gritaban sin quitar los ojos de las cartas y cuando nos quejábamos de que Julito no respetaba las instrucciones nos hacían callar levantando la mano en la que tenían el cigarrillo.

Lo único divertido de Julito era verlo con sus sanguijuelas. Había una piscinita en el patio y ahí se criaban unas sanguijuelas negras y gordotas que eran las mascotas de Julito. Nuestras madres nos tenían prohibido entrar en esa agua por mucho calor que hiciera, pero Julito se desnudaba y se sumergía para que las sanguijuelas se pegaran a su cuerpo. Nada lo hacía más feliz. Reía y aplaudía y la saliva le resbalaba por la barbilla como otro bicho transparente.

Su paz con las sanguijuelas era lo único en lo que él era un niño mejor.

Al cabo de un rato en el agua Julito se ponía de pie y nos mostraba todo su cuerpo blancuzco cubierto de sanguijuelas negras. Era su disfraz de superhéroe. Quizás porque esa la única cosa que él hacía y nosotros no, la usaba para asustarnos. Se sacaba una de esas porquerías de la tetilla o del muslo o de la entrepierna y lo lanzaba hacia nosotros. Amaba vernos correr despavoridos, asqueados, espantándonos sanguijuelas imaginarias de todo el cuerpo, mientras él posaba de brazos abiertos bajo el sol y se reía a carcajadas, como un dios del ultramundo.

Ahí donde había estado la sanguijuela chupándolo salía un hilo de sangre que iba manchándole a cámara lenta la panza, las piernas contrahechas, los pies de monstruo.

Una vez me lanzó una en la mejilla y sentí su boca de agujitas pegarse de inmediato a mi piel. Me la arranqué loco del terror y la repugnancia y sin pensarlo mucho la pisé con todas mis fuerzas: un chorro de sangre oscura me manchó toda la suela del zapato. Julito se transformó en una bestia. Se lanzó contra mí, totalmente desnudo, lleno de sanguijuelas, a pegarme.

Con esa boca deforme, esa lengua gigantesca, esos dientecitos finitos y negros, se me acercaba y gritaba los únicos insultos que conocía. Su voz entrecortada, gutural, ronca jamás la he podido olvidar.

—Hi-jo del dia-blo. Bas-tar-do. Hi-jo del dia-blo. Bas-tar-do.

Se me echó encima con tanta fuerza que trastabillé y caí en la piscinita. De inmediato las sanguijuelas empezaron a despegarse de las paredes para buscar mi piel. Los demás me señalaron y se rieron de mí como se reían de Julito. De pronto él fue yo y yo fui él. Como pude me paré y me lancé contra Julito como un animal ciego, rabioso, malo.

No quería otra cosa: lo quería matar.

Julito nos daba asco, Julito era un lastre, Julito era estúpido y feo, Julito se dejaba chupar la sangre por esos bichos repugnantes, Julito era de azúcar y miel de abeja para su mamá.

Yo no.

Vinieron las madres y nos separaron. La mía me agarró del pelo y me gritó. Había bebido, estaba mucho más violenta que otras veces. Me pegó delante de todos y me dijo monstruo, ya no sé qué hacer contigo, monstruo de mierda. La mamá de Julito, en cambio, lo cubrió con una toalla, le acarició los pelitos de choclo y le dio besos en su cabeza enorme, llena de venas.

En el carro me rasqué el cuello y descubrí que tenía una sanguijuela pegada en la nuca. Con un asco que me recorrió los huesos, la boté por la ventana e imaginé que Julito para salvarla se tiraba a las ruedas de los carros y moría aplastado y su sangre apestosa quedaba pegada en el cemento durante mucho tiempo, por toda la eternidad, y la gente cada vez que pasaba por ahí le decía a sus hijos aquí murió el niño más feo del mundo.

Sonreí.

Mi mamá me pidió explicaciones sobre la pelea y le dije la verdad: que Julito me había lanzado una sanguijuela.

–Mira que es como de película de terror ese muchacho, pero tienes que tratarlo bien, ¿me oyes? Tienes que tratarlo bien por tu mamita. Prométeme. Si te peleas con él, María Teresa se va a resentir conmigo y entonces tu mamita no tendrá a donde ir a jugar sus naipes y estará todo el tiempo encerrada en la casa. ¿Sabes que yo no soy feliz cuando estoy en la casa, verdad? ¿Sabes que me pongo muy brava si paso todo el día encerrada en la casa, verdad?

La siguiente vez que fui donde Julito no hubo dudas sobre qué jugar.

Quien propuso las escondidas fui yo.

Julito nada más tenía dos escondites: detrás de la puerta del baño de visitas y dentro de un frigorífico dañado que había en la bodega. Nadie se preocupaba de buscarlo. Se quedaba ahí por horas, a veces nos olvidábamos de él y cuando nos despedíamos la mamá preguntaba por su hijo y fingíamos que apenas habíamos empezado a jugar.

–Te encontré, Julito.

Él gritaba y aplaudía de felicidad y nos quería dar besos con su boca siempre babeada.

Ese día se metió en el frigorífico. Nos miramos. Yo puse un dedo sobre mis labios. No te preocupes que no le diré a nadie, Julito.

Ahí lo dejé. De vez en cuando gritábamos Julito dónde estás, dónde estás Julito. Se escuchaba su risita nerviosa dentro del aparato.

Luego lo olvidamos completamente.

Fue una tarde increíble, larguísima. Jugamos fútbol, ping pong, Monopolio, carreras, maquinitas. Comimos galletas y tomamos Coca-Cola. Julito tenía todos los juguetes del mundo y no aprovechaba ninguno. Todo estaba mordisqueado, babeado, pegajoso y medio roto por sus manos monstruosas. Fingimos que eran nuestros y fuimos por una tarde niños afortunados, queridísimos.

Cuando llegó la hora de irse, la mamá de Julito nos preguntó por él. Le dijimos que estábamos jugando a las escondidas y ella sonrió.

Vamos todos a buscarlo, dijo, y nos besó las manos y nos dio las gracias por ser tan buenos con su niñito. Recorrimos la casa entera, como una procesión, llamando a Julito. Su mamá le gritaba que ya se iban los amigos, que el juego había terminado y que él era el ganador, que le había hecho sus galletas favoritas. Julito no aparecía. Buscó en toda la casa, la cara cada vez más blanca, la voz más temblorosa, el cuerpo tieso como si la estuvieran apuntando con una pistola.

–Julito, mi vida, ya sal, ganaste, ven que te vamos a dar un premio.

Las madres se repartieron por todos lados, abrieron armarios, revisaron debajo de las camas, en la cesta de ropa sucia, alguna fue a la piscinita de las sanguijuelas por si se lo encontraba chapoteando, pero allí nada más estaban ellas, pegadas a la pared, esperando criaturas vivas.

Cuando estábamos buscando detrás de las cortinas del cuarto de Julito, mi mamá me agarró del brazo tan fuerte que sus uñas me hicieron sangrar. Me dijo que yo sabía dónde estaba escondido Julito y que tenía que decírselo ya mismo a la mamá. Negué con la cabeza.

–Tú lo sabes, putito de mierda, yo sé que tú lo sabes.

–No sé, de verdad que no sé.

–Cuando lleguemos a la casa le digo a tu papá que te pegue con el cinturón.

Me rasqué la cabeza ahí donde me había dado la hebilla la última vez. Le dije los dos escondites de Julito. Cuando mencioné el congelador se puso pálida y abrió los ojos más de lo que pensé que se podían abrir unos ojos. Dijo dos palabras.

–Lo mataste.

En ese momento escuchamos un grito que sonó como si la tierra se abriera, como la sirena de una ambulancia, como una explosión, como un trueno sobre nuestras cabezas. No sé si lo imaginé, pero la casa entera se remeció, las lámparas se bambolearon y los vidrios de las ventanas crujieron. Fue un grito como si todas las bestias aullaran a la vez, como el mar furioso. Un grito como un eclipse total.

INVASIONES

EL BARRIO EN EL QUE MI FAMILIA empezó a ser una familia no siempre fue lo que es ahora. Tampoco nosotros.

Hubo un tiempo en el que los niños nos metíamos en las casas a medio hacer, color gris oscuro, con el armazón al aire libre y con escaleras sin barandilla. Escalábamos las montañas de piedra y arena de construcción que se acumulaban en cada esquina y fingíamos ser astronautas en un nuevo planeta hasta que nos llamaban a comer.

Era un inicio de todo, de nuestras vidas y de la ciudad, puede que del mundo entero.

Por allá muy de vez en cuando pasaba alguien preguntando dónde quedaba la casa número tal o cual. Era imposible decirlo con certeza porque las calles no tenían nombre ni señalización y las únicas coordenadas eran las que venían en los títulos de propiedad. Mis padres sabían que su casa era la número 66 y nuestros vecinos de un lado y de otro

65 y 67. Punto. Lo construido era un laberinto y lo demás, lo que nos rodeaba, lo que estaba debajo, estero.

En esa nueva ciudad todos los habitantes eran gente de clase media, entre los veinte y los treinta, un niño o dos: pagadores a plazos, empleados de alguna empresa grande, entusiastas con ropa china, soñadores de Disneylandia.

Mi padre nos llevó un día en su flamante carro rojo a ver la casa en obras y, aunque el olor a salitre y descomposición del estero lo dominaba todo, para él pronto seríamos nosotros los que dominaríamos al estero. No se preocupen, decía. Ese es el olor del estero moribundo, decía. La ciudad tenía que crecer, decía. No me imaginaba cómo podíamos ser nosotros más fuertes que el estero, una bestia viva de decenas de tentáculos abrazando la ciudad de norte a sur, una masa del río bárbaro donde la gente borracha se ahogaba o se tiraba a los cadáveres de los obreros asesinados por hacer problema.

Pero mi padre insistía. Estaba seguro de que un monstruo de carnes era superior a un monstruo de agua.

Nos mudamos. La primera noche una rata enorme subió por el váter y papá, con una escoba en la mano, nos mandó a la cama diciendo que era el ratón de los dientes, que escuchó que había niños nuevos y quiso conocerlos. Desde entonces cada vez que se nos caía uno lo ocultábamos a nuestros padres lo más posible: no queríamos que esa cosa negra, mojada, que vivía en las alcantarillas, estuviera bajo nuestra almohada.

Todos los días en las aceras aparecían iguanas aturdidas, mutiladas, intentando tragarse la basura como una vieja desdentada. A los sapos que intentaban cruzar la calle los carros los reventaban una y otra vez hasta que no quedaba más que una lámina de sapo, su siluetita.

Una vez vimos un grupo de cangrejos venir desde el estero. Bajaba la calle empinada como un escuadrón de tanquecitos colorados que intentaba asustar al enemigo con tenazas de juguete y ojitos duros, móviles, inquietantes. Pasó un camión con material de construcción y los aplastó a todos con un solo gran crujido. Una pinza roja siguió cortando trozos de aire aunque el cangrejito estaba hecho trizas contra el asfalto.

Las garzas llegaban al cemento fresco pensando que era lodo, que habría gusanitos y larvas, y se quedaban pegadas para delicia de los gatos y los perros que masticaban esos huesos y escupían las plumas blancas como algodón. Era casi insoportable verlas caminando de puntillas sobre la basura que se acumulaba en las esquinas. Niñas con el tutú mugriento, demasiado preciosas para vivir entre la mierda.

De las primeras cosas que papá instaló en la casa fue la lámpara exterminadora. Toda la noche, cada pocos segundos, se escuchaba el chirrido de la electricidad y sabíamos que una mosca, un mosquito, una polilla, un bicho de la luz o una cucaracha voladora se habían convertido en cadáveres. No distinguía, la lámpara no distinguía, mataba por igual a libélulas que a mosquitos que a mariquitas que a luciérnagas que quizás, bobitas de luz, creían que eso era su mamá. Ahí se chamuscó también el periquito australiano que mis padres nos compraron en el mercado por las buenas calificaciones. Le decíamos Lorenzo y era turquesa y amarillo. Mi hermano llamaba a la lámpara la silla eléctrica y de la silla eléctrica a veces, cuando la polilla era inmensa, salía un olor asqueroso de pelo y carne quemada. Alguien nos dijo que los insectos no se suicidaban, sino que pensaban que la lámpara era la luna y daban vueltas alrededor de ella para orientarse y se quemaban.

Toda la noche escuchábamos la canción de muerte de los bichos. A veces, cuando creía que todos dormían, salía de debajo del mosquitero y apagaba la lámpara. Al rato papá echaba de menos el latigueo, la prendía y otra vez empezaban a chisporrotear los animales electrocutados.

Al principio había tantos grillos, millones de ellos. Ennegrecían las paredes, los techos, los suelos. La noche entera sonaba su castañuela insoportable en el patio, entre la ropa, en el baño, en el mueble de las toallas o dentro de algún zapato.

La silla eléctrica chamuscando los bichos y el grillerío no eran los únicos sonidos horribles. En todos los entretechos había familias enteras de murciélagos que por las noches eran los verdaderos dueños de la casa. Chillidos, aleteos, arañazos y un ruidito parecido a un chupeteo nos acompañaban toda la madrugada. De la caca de los murciélagos, además, salían unos gusanos que se filtraban por los agujeros de las lámparas y caían uno tras otro sobre las camas, los escritorios, las alfombras de colores, la casa de muñecas.

Cuando ya era demasiado insoportable, cuando amanecíamos llenos de gusanos de caca de murciélago y el olor que salía del techo era enfermizo, papá llamaba a los antiplagas que humeaban los techos con veneno. Yo imaginaba a los murciélagos sorprendidos durante su sueño por ese aire asesino. Los imaginaba abrazaditos a sí mismos cayendo como flores negras, muertas. Después de unos días el exterminador recolectaba cerros de cadáveres de murciélagos en fundas negras de basura.

La infancia fue miedo, veneno, plagas. Ellos y nosotros.

A las seis de la tarde pasaba un camión fumigador bañando las calles, las fachadas de las casas, a quien estuviera en el parque, de una cosa que olía a guayaba, vinagre y amoniaco. Decían por altavoz que había que abrir las ventanas y dejar entrar el humo, pero mamá las cerraba porque cuando aquello se te metía en el cuerpo empezabas a toser y a llorar y los ojos se te quedaban al rojo vivo.

Ellos fueron llegando muy poco a poco: una familia a la vez, por la noche, en silencio. Las casas las hicieron de cartón, aluminio y trozos de madera vieja. Los que pudieron las pintaron y los que no las dejaron así: propaganda de candidatos a la presidencia, cajas de electrodomésticos o bicicletas, telas de saquillos de arroz, colchas de tigre. Hacían la comida en flueguecitos afuera de sus casas y los niños, algunos cargando bebés, corrían por todos lados, en manada, riendo. Los seguía un perro, siempre un perro.

Nadie nos lo dijo, pero cuando nos encontrábamos frente a frente, ellos y nosotros, algo de alerta se activaba. Tal vez fuera que nuestros animales iban con collares y los de ellos no. Tal vez eran los pies, los zapatos. Tal vez la mirada, las miradas.

A la hora de las cometas, sin embargo, el grito era uno. Por el cielo gris de la ciudad gris volaban otras cosas aparte de los murciélagos, las moscas, los grillos, los mosquitos y el día se llenaba de aire bueno, de aplausos, de amor por ese trozo de papel de colores al viento.

Ellos y nosotros mirábamos hacia el mismo cielo.

Una tarde a uno de esos niños se le ocurrió que quería la cometa de mi hermano, la de la mariposa monarca, y, aunque era más pequeño, tenía mucha más fuerza o, quién sabe, muchas más ganas de volarla. Una mujer vino corriendo, se la arrancó, le dio una bofetada e intentó devolvérnosla, pero el daño ya estaba hecho. Mi hermano cruzaba la calle llorando y timbraba como loco en nuestra casa gritando que le habían robado la cometa, la cometa de la mariposa monarca, su cometa.

Mi papá salió de la casa como salen las bestias: a matar. Empezó a gritar a quien pasara por delante que esa gente se tenía que ir, que eran ladrones, que lo de las invasiones había llegado demasiado lejos y que esos miserables se estaban burlando de nosotros. Los vecinos lo rodearon, lo aplaudieron, lo arengaron.

–Eres el único que puede ayudarnos.

Papá se engolosinó con esas palabras. Cuando respondió ya no era él, sino alguien un poco más alto: el elegido.

–Yo lo arreglo, vecino. Déjenlo en mis manos.

Esa noche papá llamó a su primo, el político, y la historia de la cometa de mariposa monarca se convirtió en un robo de bicicleta con cuchillos, en golpes a la cara de mi hermano hasta dejarle la boca rota y el ojo morado, del drama de la inseguridad, del miedo constante, de las invasiones transformando el barrio soñado de la clase media en una tierra sin dios ni ley. En un vecindario donde estaba pasando lo impensable: que la gente sin casa invadiera los terrenos y viviera ahí, como si hubiera pagado algo, como si tuviera algún derecho.

El primo llamó al alcalde, dijo la palabra elecciones y, al día siguiente, aunque era domingo, mandaron los bulldozers.

Papá se movía entre el público como un rey en guayabera. Lo único que faltó fue que lo llevaran en andas, pero no hacía falta porque él ya caminaba varios metros por encima de la gente. Su cigarrillo como una antorcha, la sonrisa de satisfacción, la mano protectora sobre los niños blancos, el abrazo con todos. Decía su apellido, respondía las preguntas, levantaba la cabeza.

–Sí, tengo contactos.

Los bulldozers son unas bestias dentadas que rugen y destrozan todo lo que está a su paso: persona, animal o cosa. Vino uno detrás de otro como naves extraterrestres y en el terreno donde se habían asentado las familias lo empezaron a tirar todo.

Los gritos que salían de las casitas eran de fin del mundo.

Me tapé los oídos con todas mis fuerzas y aun así me llegaban los alaridos adentro, adentro, tan adentro que quería gritar yo también.

Frente a todo nuestro vecindario que los contemplaba como si fueran un espectáculo callejero, las mujeres a medio vestir cargaban a sus bebés y con la mano libre agarraban la de los niños que miraban atrás, a lo que era su vida, con ojitos salidos de las órbitas, de pesadilla. Los hombres intentaban sacar colchones, ropa, utensilios, a algún anciano que no podía caminar. Gritaban, todo el mundo gritaba, como en esas películas de la guerra cuando había bombardeos.

Los bulldozers revoleaban planchas metálicas, cartones, ollas, hamacas, un entrevero de polvo y cosas que antes fueron las casas de esos niños y sus familias. A los gritos se sumaron los aplausos del barrio. Aplaudían a los bulldozers y aplaudían a mi papá que con la boca decía no es nada, es mi deber cívico y con la cara decía sí, los he salvado, pedazo de perdedores, ámenme y adórenme porque los he salvado.

Un niñito corrió hacia la máquina brutal. Dicen que vio un gatito, dicen que vio algo brillante, dicen que no era del todo normal. El niño fue engullido por esa pala con una facilidad aterradora, como si fuera una hormiga. Su cuerpecito flaco saltó por los aires y cayó casi sin ruido en la mescolanza de ladrillos, maderas, cartones, piedras.

Todos lo vimos, el hombre que conducía el bulldozer lo vio, su madre lo vio. La mujer cayó al suelo con un bramido mortal y empezó a lanzarse puñados de arena a los ojos, a arrancarse pelos de la cabeza, a desgarrarse la carne de los pechos hasta dejársela en tiras de piel colgando, con toda la sangre bañándole el vestido de flores, las sandalias. Los vecinos, ante esa imagen, agarraron a sus hijos de la mano y huyeron hacia sus casas sin mirar atrás.

Mamá agarró el brazo de papá y él se soltó con violencia.

–¿Qué? No es mi culpa que esta gente sea tan pendeja.

Se dio la vuelta pero alguien lo llamó por su nombre. La madre del niño, con voz de trueno, dijo el nombre completo de mi papá.

Él se quedó tieso de espaldas a ella.

Ella repitió el nombre una vez y otra vez como si le lanzara dagas. Luego escupió en el suelo y con un solo movimiento del brazo se limpió el pecho, la nariz y los ojos. Su cara quedó ensangrentada.

Papá siguió caminando y caminando y caminando. Casi en la puerta de nuestra casa sacudió la cabeza, sacó un cigarrillo del bolsillo de la guayabera y mientras se lo ponía en la boca masculló.

–Puta bruja.

Ese invierno fue feroz. Llovió tanto que el váter, el lavabo, la ducha y el desagüe se desbordaron y convirtieron nuestra casa en un acuario de caca de todo el vecindario. Nos salieron infecciones que supuraban en las manos y en los pies. La humedad fue pintando los interiores de los armarios de un verde negruzco, a los osos de peluche les creció lama, los zapatos se empezaron a cuartear y a pelar, la ropa, los cajones, nosotros mismos, todo cogió olor a perro mojado.

La calle desapareció. Los vecinos más arriesgados caminaban sin ver nada bajo sus muslos, algunos salían en botes o boyas de plástico para intentar salvar a los perritos callejeros o llevar comida a los más ancianos. Desde la ventana del segundo piso veíamos pasar todo tipo de basura, botellas, puertas, animales muertos, cochecitos de bebé, ramas de árboles, frutas, verduras.

Ese invierno duró un siglo y cuando se terminó, cuando por fin salió el sol y se empezó a secar la vida, todos éramos otros.

Mucha gente decidió mudarse a la parte alta de la ciudad. Nosotros no pudimos. Papá tenía tierras y ganado y perdió todo, absolutamente todo, en tres meses de lluvia.

Empezó el tiempo de fiar en la tienda y de comer un día tras otro arroz con huevo o arroz con atún, mortadela y queso en papel de despacho. Nos cambiaron a un colegio más barato, pasábamos vergüenza cuando nos llamaban a rectoría porque no habíamos pagado la pensión. Cada cierto tiempo despedíamos del barrio a otra familia y prometíamos que nos mantendríamos en contacto. Las niñas llorábamos abrazadas y los niños se miraban los pies sin saber muy bien qué hacer con la tristeza o con el equipo de fútbol.

Así fuimos creciendo, como tantos, perdiendo.

Un día, sin saber muy bien cómo, nos dimos cuenta de que no conocíamos a nadie en el barrio. Quienes organizaban las fiestas con los parlantes en la calle y montaban las piscinas inflables en la vereda no sabían nuestros nombres. Ni nosotros los suyos.

Ellos y nosotros.

Nosotros éramos los parias.

En donde un día hubo invasiones se levantaban cientos de casas apiladas como dientes sin ortodoncia. Ahí se montaron peluquerías, locutorios, ventas de películas piratas, farmacias, bazares, iglesias evangélicas, jardines de infantes, consultorios médicos, asesores de extranjería, veterinarias, salsotecas y restaurantes.

Papá volvía de su trabajo maldiciendo. Odiaba las músicas, los colores, las decoraciones, las comidas, las devociones y las algarabías de los nuevos vecinos. Llamaba a la policía todos los fines de semana y nunca, jamás, la policía le hizo caso. Al principio, cuando todavía era joven, tocaba la puerta de las casas donde había fiesta y les gritaba que bajaran el volumen, que si no sabían quién era él, que llamaría a la policía, al Municipio.

Los vecinos al principio le decían que se relajara, que se tomara un trago. Después empezaron a insultarlo. Al final salieron de la fiesta varios chicos, se pararon uno al lado del otro, muy juntos, a contemplarlo y le preguntaron si quería problemas.

Después de la muerte de mamá los hijos nos fuimos cada uno por su lado. Ella era el pegamento, la bisagra. Sin ella todo despedía olor a gas y a desaseo, sin ella éramos como cometas sin hilo, nada más volando, volando.

La medida de la distancia de la familia es la medida del dolor de la familia.

Supimos que los ladrones se habían intentado meter en la casa por el patio y que papá había decidido rodear todo con alarmas y alambre de púas. Encementó la puerta de entrada, cegó casi todas las ventanas, convirtió la casa en una caja gris, un ataúd. Ahí dentro, a solas, quién sabe qué recordaría.

Todos los días amanecía al lado del número 66 de la casa otro 6 más y todos los días papá echaba cualquier pintura que encontrara sobre ese número y echaba miradas asesinas a todos los que pasaban por ahí. Un día, harto, dejó de hacerlo y la casa se convirtió en la villa 666.

Los niños empezaron a temerle. La casa, nuestra casa, se convirtió en la mansión embrujada del barrio y de papá decían que era caníbal, pedófilo, que nos había matado a todos, que era el diablo. Su imagen les daba la razón. Cada día más sucio, con la barba blanca crecida y las uñas larguísimas, enfebrecido de odio, mascullaba barbaridades y hablaba solo de los otros tiempos, cuando ese era un buen barrio, un barrio de gente decente, no de drogadictos y extranjeros.

Cuando lo llamábamos nos hablaba de las caras negras que se le aparecían en la ventana del segundo piso y que le decían muérete viejo de mierda, de las cartas amenazantes que le ponían bajo la puerta con fotos de balas con su nombre escrito en ellas, de que le manchaban las paredes con huevos podridos, con grafitis, con cruces invertidas, de que todo el barrio tiraba la basura en su puerta, de que le cortaron su árbol y que hicieron una hoguera donde quemaron a un monigote con careta de barba blanca y un cigarrillo en la boca.

En nuestra última conversación su voz ya no me era familiar. Susurró al teléfono que ya habían entrado a la casa, que estaban en nuestras habitaciones, en la cocina y que pronto llegarían al baño donde llevaba días escondido, sin comer ni dormir. Le pregunté quiénes, otra vez, como cada llamada, le pregunté quiénes se habían metido en nuestra casa y ahí sí me respondió.

—Los invasores.

Pietà

Está tan mareado que camina torcido. Parquea como puede en el garaje ese carro que es como una nave. Se baja tan mal que tengo que cogerlo del brazo, pero él se suelta bravo porque es orgulloso, siempre ha sido, desde chiquito, y se le caen las llaves porque tirarlas no las tira, que él sí tiene una educación y viene de un buen hogar, y yo me tengo que agachar a recogerlas del suelo. Qué bonito es, con ese pelo de miel con mantequilla, qué limpia y qué bien planchada su ropa siempre, qué perfumado, un príncipe que atraviesa el garaje y parece que se va a tropezar en cualquier momento y yo con el cuerpo echadito para adelante y los brazos atentos para atajarlo, por si acaso. Así se pone el mundo a su alrededor. Toda la gente nada más con verlo ya está a su servicio aunque él no haya abierto la boca todavía. Pobrecito, intentar hablar como si la lengua no le bailara, como si fuera un adulto y no un niñito aprendiendo a hablar. Yo le enseñé a hablar. Él se demoró, más que mi hijo, por ejemplo, que desde chiquitito ya dijo mamá, papá, teta, agua, y todo lo demás que dicen los niños para hacerse entender y para hacerse querer. Pero él no y entonces yo me puse a hablarle todo el día, cosas de adultos y de bebés, todo mezclado, lo que sea que se me pasara por la cabeza, de mi barrio, del problema del alcantarillado, de la papilla de zanahoria blanca, qué rica, que cada vez que llueve es un desastre por mi zona y que la basura y los perros muertos van flotando por la calle y nosotros en esa agua tenemos que caminar para venir a trabajar, de los ratones, qué plaga, de que necesitaba un gato, un gato gordo y comelón, todo. Él nomás me quedaba viendo con esos ojotes azules que era una delicia porque se sentía como la mirada del Niño Dios, como que el Divino Niño te mirara, y un día que yo estaba quejándome sobre el precio del arroz, él dijo adó. O sea, arroz, balbuceó arroz y yo pegué un grito que ni que hubiera visto el milagro de la Virgencita, pero no le confesé nada a la señora porque las señoras son celosas de una y capaz que por ahí me despedía por hacer que el niño haga lo que ella no pudo y peor que dijo arroz, una palabra de empleadas. Quién sabe. Me lo callé, pero él ya empezó a señalar cosas y a nombrarlas. Como si hubiera estado esperando el permiso y yo el día anterior le había dicho que hablara –hable nomás, mi niño–, que nadie lo haría callar porque él era el rey del mundo y que dijera lo que quisiera, que se lo inventara: ya aprenderíamos nosotros su idioma. La primera vez que dijo mamá se refería a mí, no a la señora. Yo ese día sentí que volé, que me alcé de la tierra. Mi bonito, ¿quién no iba a caer a sus pies? Esa boquita rosada y esa piel de porcelana. Se me prendía al cuello, asustado, cuando lo dejaba en el suelo para hacer las cosas de la casa. Me lo colgaba como un monito mientras yo barría o doblaba la ropa limpia. Tiempo estuvo así: guindado de mí sin soltarme y la señora cuando veía me lo arrancaba del cuello, pero el berrinche era tan espantoso que había que volverlo a trepar. Mi hijo desde bebecito se quedaba tranquilo y callado cuando yo me iba a trabajar y lo cuidaba la vecina, como si supiera, ¿no? Como haciéndose grande más rápido. Pero mi niño no. Mi niño no me dejaba ni ir al baño y a veces yo tenía que hacer mis cosas cogiéndole la mano, como un animalito. Me pongo nerviosa y él me suelta una cachetada para que me tranquilice, me dice malas palabras, pero no le digo nada porque él no hace eso por grosero, sino que a veces se pasa un poquito con los tragos. También es que anda con esos amigos que son mala gente, que van con él y se aprovechan y quién sabe qué cosas le ofrecen. Él por educado les acepta. Yo le enseñé a decir gracias y por favor. La señora me dijo que no le enseñara a decir mande, dios le pague o no sea malito, que eso era para otro tipo de personas, no para el niño. También el señor le hacía bastantísimo al trago y esas cosas capaz que se heredan. El señor sí que era terrible cuando venía mareadito, uy, mejor correr. A mi niño yo me lo metía conmigo a mi cuarto cuando lo escuchaba llegar porque ese señor arramblaba con lo que encontraba por el camino. Esa violencia no la he visto yo en nadie. No me he de olvidar que un día el perro, el Bobi, le empezó a ladrar quién sabe por qué. Ese perro ya era viejo, estaba medio ciego, no mataba ni una mosca. Un santo mi Bobi, mi viejito. Yo a ese perrito lo crié desde cachorrito, así era, ve, entraba en una mano. Eso era cuando la señora no se podía quedar encinta, entonces el señor le compró el perrito para distraerla de tanto médico que le decía que ella era la del problema, que lo del señor funcionaba perfecto, aunque que yo sepa el señor nunca se hizo pruebas. A mí me dio una vergüenza tan grande cuando me preñé que no le dije nada hasta que ya no podía ocultar la barrigota y ella me la vio y me dijo vas a ser mamá, qué lindo. Años intentó la señora quedarse encinta, se hizo todos los tratamientos, yo le ponía las inyecciones, pobrecita, pero nada. Ahí sí que la casa era como las casas encantadas de las películas, puro llanto, como que penaban y todo. La casa sin hijos, ¿no? Como un desperdicio. Después se fueron a adoptar a mi niño al extranjero porque, como decía la señora, iba a ser raro para la gente que siendo ellos tan blancos tuvieran un hijo morenito, como los de aquí, y que en cambio mi niño era perfecto, como si hubiera salido de su vientre, porque el bisabuelo del señor, ese que fue presidente, había sido así: blanco, rubio, ojos azules. Blancorubiojosazules, repetía la señora. Pero bueno, antes de eso fue una fiesta cuando llegó ese perro. La señora me dijo que era finísimo, hijo, nieto y bisnieto de perros con pedigrí, pero la verdad es que el Bobi actuaba igual que los perros runas de mi barrio: se comía las zapatillas, la basura, se robaba la carne y había que darle con el periódico en el hocico. Lo que sí era que comía una comida que costaba más de lo que me pagaban a mí por eso de que era finísimo, como repetía la señora. Bueno, la cosa es que ese día al Bobi le dio por ladrarle al señor y él que venía tomadito le mandó una patada en la barriga que el perrito nomás hizo mjum y ahí quedó tiesito. Mi niño quería ir a ver qué le había pasado a su perro y yo como loca distrayéndolo para que no vaya. Qué nomás me tuve que inventar. Yo no sabía cómo explicarle. Ahí le mentí que el Bobi se había ido al cielo porque ya era mayorcito y tuve que consolar a esa criatura que era un mar de lágrimas porque había crecido con él, cabeza con cabeza. Era lindo verlos a los dos, mi Niño Dios y su animalito como esas estampas de la iglesia. La señora enseguida que supo voló al centro comercial y le compró otro perro, carísimo, hermoso ese perrito, pero mi niño ya no se entusiasmó, más bien lo trataba mal, a veces venía cojeando el animal. Mientras yo lavaba la ropa lo escuchaba gemir y ya sabía que era mi niño el que le estaba haciendo algo, no por malo, por curioso, que él era bien curioso y a veces se ponía a ver qué pasaba si quemaba a las hormigas o aplastaba a los pajaritos. Me lo terminaron regalando a mí y mi hijo y ese perro se enamoraron de inmediato: Bobi le puso también, tanto había oído hablar del Bobi de mi niño, también quiso su Bobi propio. Por esa época fue que el doctor me dijo que mi hijo no andaba bien de su cabeza, que algo malo tenía, degenerativo dijo, crónico dijo, y ahí fue que la señora me pagó un neurólogo también carísimo para que lo viera y dijo lo mismo, degenerativo y crónico, las peores palabras del mundo. Le recetó unas pastillas que tenía que tomar de por vida para que no le dieran sus ataques, pobrecito. Años de años nos vivió el buen animalito, bien fiel, cuando se murió el Bobi mi hijo entró en una oscuridad que ya no hubo cómo sacarlo. Mi niño me grita que lo ayude. Se pone vulgar, por los nervios. Intenta sacar del carro a la señorita Ceci que está bien perjudicada, dormida parece, desmayada. Ay esa niña, que dios me perdone, a mí nunca me gustó: malcriada, antipática, con esa voz chillona ordenándole a mi niño que hiciera esto y dejara de hacer aquello. Y siempre con esos vestidos chiquititos, esos escotes, esos tacos, ese rubio que como la señora bien dice es más falso que billete de quince, las uñazas. Uy no. Habiendo tanta niña linda, de familia conocida, de aquí de la urbanización, todas locas por él. No, no me gustó nunca a mí esa muchacha para mi niño, pero ya cuando ellos son grandes no hay cómo decirles nada. De chicos sí, todo lo que uno les dice hacen, pero ya de grandes se mandan solos y si uno se atreve a opinar enseguida la ponen en su lugar que es la cocina y el silencio. Yo creo que también esa relación era para molestar a la señora que se volvía loca cuando llegaba mi niño con la señorita Ceci, uh, cómo se ponía, ni salía del cuarto. ¿Ya se fue esa mujer?, me preguntaba. Y yo tenía que ir a ver. Y a veces los escuchaba haciendo sus cosas en el cuarto de mi niño y me moría de la vergüenza porque para mí seguía siendo ese bebé que me colgaba del pescuezo como un mono. No, señora, la señorita Ceci sigue aquí. Me daba terror que la dejara embarazada, capaz que esa avivata era lo que quería, sacarle un hijo a mi niño y arreglarse la vida para siempre porque los niños como mi niño no abundan, hay uno en un millón o menos. Me grita que lo ayude a entrar a la señorita Ceci que está, como se dice, ida. Ni entre los dos podemos. Me manda a traer la carretilla del patio. Ahí la tiramos, como un saco de papas. Cuando la toco la siento helada a esa chica, pero mi niño siempre anda con el aire acondicionado del carro a full. A él no le gusta sudar y tampoco tiene por qué sudar. Mijo, le digo, mijo ¿qué pasó? Él no me contesta, nomás está viendo cómo meter a la señorita a la casa y que no esté asomado ningún vecino. Cuando ve que yo me aturullo y no sé cómo más ayudarlo me grita, me dice cosas horribles, que me va a botar como a un perro, que le va a decir a la señora que soy una ladrona, que va a matar al loco de mi hijo que es una carga para la sociedad, pero eso lo dice porque está con sus tragos, él a mí me adora, a veces creo que más que a la señora, por eso no me resiento ni nada, sigo nomás ahí empujando esa carretilla con la chica despatarrada, quién sabe dónde se le cayó un zapato. Cuando se prende la luz automática ya le veo la cara a la señorita y ahí es cuando suelto esa carretilla y se me cae la boca al suelo y me tapo la cara porque aunque nunca he visto un muerto yo sé que así se ve un muerto. Mijo, mijo, ¿qué pasó mijo? La luz se va y viene, viene y va y cada vez que nos ilumina veo peor y peor la cara de esa muchacha. La han masacrado. Tiene un ojo hecho papilla, la nariz echando sangre ya seca, la boca hinchada. Mijo. Él me ordena que me calle, que tiene que pensar, y yo me lo quedo mirando y le veo que tiene la camisa manchada. Él se mira las manos, llenitas de sangre, y ahí es que le hablo como cuando era chico: venga mijo lindo, venga que yo lo curo. Lo meto por la entrada de servicio. En mi cuarto lo acuesto, le quito toda la ropa, le limpio con una toalla húmeda su cuerpo, le doy friegas con colonia, le pongo cremita antiséptica en las manos, le sobo sus ricitos rubios y le canto hasta que se duerme como cuando era chiquito. No se preocupe por nada, mi bebé, que yo lo cuido, le digo. Guardo su ropa ensangrentada en una funda para llevármela a mi casa. Mi hijo es casi de su misma talla.

SACRIFICIOS

—¿CÓMO ERA? ¿VERDE A? —dijo él mientras buscaban el carro en el gigantesco parqueadero del centro comercial.

—Uy, a mí ni me preguntes, tú eres el que dijo que se iba a acordar —dijo ella.

—Verde, sí, verde sí estoy segurísimo que era. ¿A? ¿B? ¿Te acuerdas tú?

—Ay, carajo, siempre que venimos al cine pasa lo mismo.

—Porque todo lo hacen con las patas, le ponen símbolos y vainas raras, imposibles de recordar. ¿Te acuerdas ese de las Galápagos?

—¿Cómo me voy a olvidar pues si la vez pasada estuvimos buscando al hijueputa lobo marino F durante media hora?

—Aquí por lo menos son colores.

—Sí, pero igual estamos perdidos como imbéciles.

—A ver, es que creo que no era en este nivel. Espera, ven, mejor vamos a buscar a un guardia para preguntarle.

—Haz sonar la alarma a ver si escuchamos el carro.

—Ya se fue todo el mundo.

—Es que esos eran genios, capaces de recordar un color y una letra. ¡Las dos cosas! Qué cabezas. Superdotados fijo. Qué suerte, oye.

—No me jodas.

—No, si no te estoy jodiendo, solo digo que hay gente con talento para esto y otra que no.

—Verde. Sí, verde era.

—¿No se podrá llamar a alguien?

—¿Por dónde estará el ascensor? En este nivel no está el carro.

—¿Seguro?

—A ver tú, todopoderosa, búscalo que segurito que lo encuentras.

—Ahorita no, ¿ah?

—Ahorita sí, ahorita sí. ¿Qué mierda te está pasando últimamente?

—Uy, mejor busquemos el carro que esto es una idiotez. Ponerse aquí a discutir.

—No eres capaz ni de mirarme, tenemos que venir al cine para salir juntos porque no eres capaz de mirarme a los ojos.

—Ahorita quieres hablar de estas cosas. Ahorita. No te puedo creer que te pongas con estas huevadas.

—¡Me pongo con estas huevadas, sí! ¡Me pongo porque siempre estás cabreada y echándome la culpa de todo! ¿Por qué mierda no te acordaste tú del color ni de la letra? No, porque don cojudo es el que se tiene que acordar de todo, encargarse de todo.

—Que hablas tú, ¿qué es que tanto haces?

—Lidiar con los niños, pagar las cuentas, llamar al banco para que te den más cupo en la tarjeta ¡y vivir pendiente de que la niña, vidriecito de Venecia, no se cabree por nada!

–No lo puedo creer. Ahí te quedas con tus pendejadas. Chao.

–Oye.

–¿Qué?

–¿Encontraste el ascensor?

–No hay.

–¿Segura? ¿Y escaleras?

–No las vi, si quieres busca tú que eres el puto Sherlock.

–A ver. Cálmate. Tienen que estar por aquí en algún lado.

–Mmmm.

–Aquí es rojo R. ¿En qué momento llegamos al rojo y a la R?

–Bajaríamos.

–No, no hemos bajado.

–¿Cómo sabes? Habrá rojo y verde en un mismo nivel entonces.

–Pero estábamos en la C.

–Tú dijiste que era en la A.

–Creo que era en la C.

–Pero tú dijiste que era en la A.

–¡C!

–Y ahora estamos en R. Es increíble que llevemos tanto tiempo en esta pendejada. ¡Hola! ¡Alguien me escucha! ¡Guardia! ¡Por favor, aquí!

–¿Llamamos a alguien?

–No hay cobertura.

–Mentira.

–En serio. Yo por lo menos no tengo. Mira en el tuyo.

–No hay tampoco.

–No te creo. Déjame ver. Mierda.

–A ver, muévete para acá.

—¿Hay?

—Nada.

—Ay, la mierda, estos malditos parqueaderos cada vez los hacen peores, son como laberintos, de verdad, qué odio.

—Tú tienes la culpa por no anotar dónde nos quedábamos, ¿ves? Ya no hay nadie porque todo el mundo es capaz de recordar dos huevaditas menos tú.

—Y vuelve el perro.

—Escúchame, llevamos por lo menos veinte minutos dando vueltas en este hijueputa parqueadero. No puede ser posible que no encontremos el carro.

—Ah, es verdad. Mira, ve, ahí está el carro: usted lo ordena, usted lo tiene. ¿Qué parte de no sé dónde mierda está no entiendes?

—La parte en la que eres un inútil y la parte de por qué carajo me casé contigo.

—…

—Yo podría estar ahorita en mi cama, pero no. Estoy ahogándome del calor en un parqueadero gigante de mierda donde mi extremadamente olvidadizo marido no es capaz de encontrar un puto carro. ¡Todo el mundo ha encontrado su carro menos un solo idiota!

—Acompañado.

—¿Qué hablas?

—Dime con quién andas...

—¡Guardia! ¡Hola! ¡¿Hay alguien?!

—El centro comercial ya está cerrado.

—¿Qué?

—Intenté entrar para buscar a alguien de limpieza o del cine y la puerta ya está cerrada.

—¡Guardia! ¡Ayuda!

–Seguramente darán una vuelta por el parqueadero antes de cerrar del todo.

–Sí, claro, seguro, no cerrarán así, sin fijarse si queda gente, ¿no?

–¿Encontraste la escalera?

–En este piso no hay.

–¿Y de emergencia?

–Hay el letrero, pero no la veo.

–Hay una pared.

–Una pared.

–¿Cómo una? Esto es increíble. Esto de verdad que es de locos. Yo a esta gente la demando.

–Empecemos de nuevo, ¿ok? Esto es ridículo.

–Salimos del cine por esta puerta y viramos a la ¿izquierda?

–Era Verde.

–Sí.

–¿No sería a la derecha? Porque aquí es Azul.

–¿Segura?

–¿Qué crees que soy daltónica como otritos?

–Cállate ya, mierda. Estoy hasta la mierda de que me ofendas y de que cada palabra que sale de tu boca sea para echarme en cara algo.

–No me calles. Mierda tú, mierda tú, mierda tú, mierda tú.

–Eres, eres una persona insufrible.

–¿Dónde estuviste el fin de semana pasado?

–¿Qué?

–Contesta. Es una sencilla pregunta.

–En la capital. Dando un curso. Si ya sabes para qué preguntas.

–Ajá.

–Me pareció oír algo.

—A ver, dale de nuevo.

—¿Oyes? Suena la alarma.

—¿Dónde?

—Me suena como en varios sitios.

—Es el eco.

—Dale, dale de nuevo.

—Por allá.

—A mí me suena más por acá.

—Yo voy por acá y tú vas para allá.

—¿Y si nos perdemos entre nosotros?

—A ver, ¿aquí qué color es? ¿Amarillo?

—Amarillo H.

—¿Nada que ver, no?

—Aquí no hay ningún carro.

—¿En qué momento se fue todo el mundo?

—En el momento que a mi mujercita le dio por quedarse dos horas en el baño sabe dios haciendo qué.

—Ahora es mi *fucking* culpa, ¿no? El señor perfecto.

—Yo veía que todo el mundo se iba y tú seguías metida ahí en ese baño. Estuve a punto de entrar.

—Si estabas tan preocupado por qué no entraste.

—*Hello*? Porque era el baño de mujeres.

—Estaba llorando.

—Ya decía yo. Como me traes a ver estas películas lacrimógenas. Puro bua, bua. El marido la dejó. Bua, bua, el otro no la quiere. Bua, bua. Huevadas.

—Tú vienes que es distinto.

—Después te quedas llora y llora.

—Tú vienes.

—Eso se llama masoquismo.

—Por aquí ya pasamos, ¿no?

—No me suena.

–Es increíble que no quede ni un solo carro.

–El nuestro. Ya hasta dudo de que lo trajéramos. ¿Te imaginas que por algo hubiéramos venido en taxi y estemos aquí dando vueltas como idiotas?

–A mí no me pasan esas tonterías. Le pasan a la gente que anda pensando en quién sabe qué.

–No, tú eres infalible.

–No, infalible no, honesta.

–¿Qué quieres decir?

–¿Dónde estuviste el fin de semana pasado?

–En la capital, carajo, mierda, en el Centro de Capacitación de Nuevos Talentos que está en la avenida principal.

–Vaya, todo armadito. Hasta la dirección te sabes.

–¿Qué andas murmurando?

–¡Que ataste todos los cabos! ¡Que hasta la puta dirección te la inventaste o la buscaste en Google!

–No entiendo y la verdad me parece ridículo. Digo nomás, no sé tú qué opines. Que no es momento para andar discutiendo huevadas cuando llevamos media hora dando vueltas en un parqueadero y no tenemos ni puta idea de dónde está nuestro carro.

–¿Qué pusiste en Google? ¿Centro de Capacitación de Nuevos Talentos? ¿O eso también te lo inventaste?

–Ay, dios mío.

–No invoques a dios, mentiroso de mierda.

–Es que es increíble.

–O sí, invócalo, invócalo, para que te perdone por ser tan mentiroso y tan hijueputa.

–Increíble.

–Lo increíble es que no se te caiga la cara. Ve, esta es la A.

–Pero es Morada.

–¿No sería que lo dejaste en la A Morada?

–No.

–¿No o *no*?

–Mmm *no*.

–No estás seguro, ¿ves?

–Déjate de joder ya, carajo. El carro no está aquí, no importa si yo estoy seguro o no.

–Nos robaron el carro.

–¿Qué?

–Sí. ¿Por qué no lo había pensado antes? Nos robaron el carro, se lo llevaron, no está.

–Mierda.

–Claro, por eso seguimos dando vueltas sin encontrarlo: ¡no está!

–Mierda.

–Pero estaba en la Verde.

–Ya déjate de pendejadas de la Verde y la Verde. Nos robaron el hijueputa carro.

–Yo tengo el ticket.

–*Yutingoiltique, yutingoiltique.* Estúpido, los ladrones podrían estar enconchabados con los guardias o falsificar tickets o quién sabe cuántas cosas. Ya no queda ningún lugar seguro en esta ciudad de mierda. ¡Ciudad de mierda! ¡Nada se sostiene en esta puta ciudad! ¡Guardia! ¡Alguien que nos ayude!

–Cálmate, vamos a bajar a hablar con alguien.

–No hay ascensor, no hay escaleras.

–Vamos a buscar una ventana o algo. Ven, no te sientes ahí, ven, vamos. Vamos a salir de aquí, ya vas a ver. Levántate, mi amor, ven que después nos vamos a reír de esto.

–No me digas así, traicionero de mierda.

–Nos van a sacar de aquí en seguida.

–No me toques, no me toques.

−¿Qué fue?

−¿Dónde estuviste el fin de semana pasado?

−¿Qué es que te pasa con eso? En la capital.

−No estuviste en la hijueputa capital, no estuviste, no estuviste, no estuviste.

−Claro que estuve. ¿Por qué te pones así?

−¿Te suena el hotel Imperial? ¿Ah? ¿Te suena? Risita por aquí, risita por allá, ¿ah? Risueñito, ¿te suena?

−Levántate, vamos a buscar el carro.

−Me tocas otra vez y te mato, mentiroso de mierda, te saco los putos ojos.

−Vamos a buscar el carro. No es momento ni lugar para hablar de chismes.

−No hay mejor momento ni mejor lugar para hablar de tus porquerías.

−Camina.

−Suelta.

−Camina.

−Que me sueltes, monstruo.

−¿Qué me vas a hacer? Aquí no hay nadie. Nadie nos escucha. ¿Qué me vas a hacer?

−No. ¿Qué me vas a hacer tú a mí?

−Bueno, quédate, voy a buscar al guardia.

−¿Sigues sosteniendo que estuviste en la capital?

−¿Sigues jodiendo con eso?

−¿Qué me vas a hacer tú a mí?

−Se fue la luz.

−Mierda.

−A ver ilumina con el celular. ¿Qué dice ahí?

−Ahí hay una J.

−J de jodidos.

−¿Ya habíamos pasado por aquí?

—Ay, Dios mío, sin luz nunca vamos a encontrar la salida.

—¿Cuánto tiempo llevaremos aquí?

—Van a ser las tres de la madrugada.

—¡Guardia! ¡Por favor! ¡Alguien que nos ayude!

—Te vas a hacer daño en la garganta.

—¡Guardia! ¡Auxilio!

—Me estoy quedando sin batería, ¿tú?

—¿Tú o el teléfono? Yo tengo.

—Nos vamos a tener que quedar a dormir aquí en el suelo.

—No nos va a quedar más.

—Espero que los niños no se hayan quedado despiertos esperándonos. Carmen ha de estar como loca.

—Eso te iba a decir.

—Esto es una locura, de verdad. No puedo creer que llevemos tres horas en este parqueadero y no hayamos encontrado ni una ventana.

—Siento que cada vez que vemos un color y una letra es distinto.

—Eso es imposible.

—Una locura.

—Una pesadilla.

—¿Será que sí?

—Ya me he pellizcado varias veces.

—Dale de nuevo a la alarma.

—¿Para qué?

—Para oírlo.

—Es por allá.

—Por allá ya fuimos.

—Vamos de nuevo.

—Escucha.

—¿Qué? Vamos, ¿qué esperas?

–Escucha. Cada vez que vamos es un color y una letra distinta.

–No, nos parece, pero no.

–Es distinta.

–No es así. No puede ser así. A ver, es el cansancio.

–Las iba anotando en el celular.

–Estamos confundidos. Hemos dado muchas vueltas.

–No es un nivel.

–¿Entonces, qué carajo es? ¿Un rompecabezas?

–Cambian.

–Oye, déjate de hablar tonterías y levántate, vamos, que sonó por allá. Dale de nuevo.

–Ilumina ahí, ¿qué dice ahí?

–Es la O.

–¿Te acuerdas que dije J de jodidos hace un rato?

–No es la misma pared.

–Es la misma pared.

–Estás cansado.

–Sí, pero es la O.

–Estamos bajando sin darnos cuenta. ¿Ves? Cada vez que damos una vuelta estamos bajando, pero en estos edificios modernos no se nota la bajada.

–Es la O.

–No puede ser.

–Es. Y es la misma pared.

–Mira si ya tienes cobertura.

–No he tenido cobertura desde que entramos aquí.

–¡Pero mira!

–Me estoy quedando sin batería yo también.

–Puta madre. ¿Nada no?

–Es la O.

–Esto no nos puede estar pasando.

–Mira en el ticket capaz viene un teléfono.

–No tenemos cobertura.

–Entonces busquemos algún teléfono de esos para llamar al personal.

–Llevo buscando algo en la pared desde hace horas. No hay ni un extintor, ni un grifo, ni una saliente. No hay absolutamente nada.

–Mira la letra. Ilumina ahí. ¿Qué dice?

–Es la P.

–¿Y el color?

–Anaranjado.

–Era la I Celeste.

–No sigas repitiendo esas huevadas. ¿Qué dice ahí?

–«No olvide el color y la letra de su parqueo. Gracias».

–Esto no tiene pies ni cabeza. ¡Auxilio! ¡Guardia! ¡Por favor!

– Escucha.

–¿Qué?

–Escuché algo, levántate.

–A ver. No veo nada.

–Maldita la hora en que dejé de fumar. Tendríamos un encendedor.

–Shhh. Escucha.

–Sí.

–¿Oyes?

–Ajá.

–Es tu celular, ¡te están llamando! ¡Tienes cobertura!

–No. Se quedó sin batería.

–Mierda. Mierda. Mierda. Mierda. Puta. La puta de tu madre. Mierda. Mierda. ¿De qué te ríes?

–Nunca te he escuchado decir tantas malas palabras.

–Nunca me has visto encerrada en un parqueadero que no tiene salida.

–Estamos sin teléfono, sin luz, sin carro, sin agua.

–Es un castigo.

–¿Un castigo?

–Por tus mentiras y tus engaños, porque andas en tus puterías.

–¿No se te ha ocurrido que quizás eso es por ser tan hijadeputa conmigo? ¿Por gritar todo el santo día? ¿Por estar siempre cansada, con migraña, organizando una comida para tus amigas?

–Todo es mi culpa. Sí, yo fui la que te arrojó directito a los brazos de esa zorra de lo último con la que te vieron en el hotel Imperial. Pobrecito él que se sentía solo e incomprendido por la víbora de su mujer y encontró unas tetas de pezones oscuros dispuestas a consolarlo.

–Cállate. Ven, sigamos buscando la salida.

–Contéstame.

–Tenemos que salir de aquí, ya me siento mal, estoy como mareado.

–Contéstame. ¿La quieres?

–No sé, me escucha, me abraza. No sé, a veces creo que sí. Es tierna. Pero tú, los niños. Oye, ¿escuchas eso?

–Sí.

–¿Qué es?

–Suena como que viene alguien.

–Dios mío, gracias, gracias, gracias.

–¿Por dónde es?

–Por ahí, ¿verdad?

–¿Gritamos?

–Por ahí, sí. A ver, no, esperemos.

–Viene para acá.

—Sí, será un guardia, pero espera que esté más cerca.

—¿Por qué no le gritamos para que no se vaya?

—Espera.

—¿Qué suena?

—Como un perro.

—Un perro o un chancho.

—Un chancho, ¿no?

—Shh. No hables tan alto.

—Se acerca. Suena más bien como ¿un caballo? ¿Una vaca?

—Dios, qué locura.

—Tengo miedo.

—No pasa nada. Será un tono del teléfono o una radio. No pasa nada, no es un caballo, ni un chancho, será una broma. ¿Lo llamamos?

—Shh.

—Suena como un animal.

—Dios mío.

—Prende tu celular.

—Va a sonar.

—Préndelo, tengo que verlo.

—¿Qué es eso?

—Es, no puede ser, es como un toro.

—Es un hombre disfrazado.

—No, tiene cuernos y tiene pezuñas. No es un hombre.

—¿Qué es pues? ¿Qué va a ser si no? ¿Qué juego es este?

—Se está acercando.

—No es un hombre.

—¿Qué es?

—No sé qué es. Viene hacia nosotros.

EDITH

¿Y a esta mujer nadie la llorará?

Anna AJMÁTOVA

DESPUÉS DEL AMOR, él se quedaba traspuesto.
Entonces ella podía observarlo a placer, largamente, observar las cutículas mordidas, los pelos grises del pecho, la verga flácida y brillante, como untada con mantequilla, los pies, esas dos largas hojas de palma, y la frente por fin desanudada, sin ese gesto de siempre, como si estuviera resolviendo un problema de cara al sol. Era imposible que ella se durmiera con él a su lado. Dormir era perder la oportunidad de mirarlo sin miedo, nada de reojos, de mirar de verdad las tetillas enrojecidas, el ombligo rodeado de pelusa, los hombros huesudos, los labios por donde se escapaba una gotita de aire, un silbido en otra frecuencia, una corriente diminuta. Ella hubiera dado su vida por ese hilillo de respiración caliente, por el callo en la mano derecha, justo donde se apoya la azada, por la curvatura de una sola

de sus pestañas. Ella hubiera dado la vida por él. No era por el sexo. O sí. Por el sexo. ¿Qué era el sexo? ¿Juntarse, frotarse, expeler líquidos densos? No. ¿Qué era entonces? Que te acaricien el lomo cuando te sientes solo y no entiendes qué te pasa. Que te elijan la estrella de entre todos los niños. Que te digan que eso, cualquier cosa, lo haces mejor que nadie. Que te tomen la temperatura. Que sorprendida en una tormenta de arena una mano amiga salga de algún lado y te refugie. Que escondan tras la espalda la mejor fruta confitada para ti. Ser otra cosa: no una mujer casada con un hombre casi anciano, madre de dos hijas, obligada a moverse de un lado a otro, de cargar con la vida como si la vida en el hogar propio no pesara lo suficiente. Una nómada y una esclava y una muda frente a lo que su marido hacía con sus niñas.

Él, sin abrir los ojos, le pasó el brazo por la cadera para agarrar una nalga y quedarse así, hombre y nalga de su amante: esto es mío. Ella para él siempre estaba húmeda, una medusa de gelatina tibia, anémona contentísima en su cueva submarina, misterio gozoso. Él primero le daba unos lametazos largos, del perineo al clítoris, una lengua de mercurio o de caramelo de eucalipto, maternal y salvaje, quitándole con el placer todos los miedos. Lengüetazos contra el desasosiego. Coger para no matarse. Se sentía como todos los abrazos de todos los momentos en los que ella necesitó un abrazo y todos los encuentros sexuales en los que ella tuvo ganas de un encuentro sexual. Por supuesto, no era un hombre usando su lengua, sino una diosa limpiando a su criatura recién nacida. El sexo como el reencuentro con el útero materno, la preconciencia, el placer puro de no saberse mortal e imbécil. El sexo como una casa propia donde florecen geranios.

El sexo como todas las palabras que alguna vez quisimos decir y nos faltó el lenguaje.

La primera vez que lo hizo, lo de lamerle el coño como una perra lame a sus cachorros, ella creyó que iba a morirse y se murió. Después de la sorpresa del placer, de la lucha por alcanzar y abrazarse a la luz, del espasmo que da y quita el sentido, vio todo negro y después estrellas y después el aire se llenó de olor a leña quemada mientras ella chapoteaba en un lodo denso y movedizo más agradable que cualquier textil del planeta, mientras sus pezones se convertían en diamantes y su boca no necesitaba abrirse para que el mundo entero obedeciera sus deseos: el linaje del orgasmo. ¿Quién no iba a querer sentirse así? Esto es el cielo, pensó, y se murió y resucitó para abrirse como una flor rogando que la crucifiquen de nuevo de par en par. Pura puerta. Aquí, aquí, métete aquí, por favor, por piedad. Lluvia de meteoritos en el vientre, la salvaje sensualidad de que te follen con deseo y sentirte deseable: te follan y tú también te follas.

En el orgasmo él decía su nombre: Edith. Era el único que la nombraba y renombraba con la lengua, con el sexo, con el gemido. Edith, Edith, Edith. Ya no era la mujer de ni la madre de ni la hija de. Era ese nombre que su amante decía durante el éxtasis y que la penetraba por todos lados. Era esa mujer que se llamaba Edith y por lo tanto existía.

Después de correrse, si él le hubiera pedido que ejecutara actos innombrables ella lo hubiese hecho, todo, obediente como un perro. La droga de la voluntad se llamaba verga, se llamaba lengua, se llamaba como él.

Después de correrse no existía nadie, nada más.

Cada vez que se encontraban en la casucha de los pastores el deseo los convertía en bestias. Como no había más maneras de penetrarse, se mordían, se arañaban, se rebuznaban, se escupían en las bocas, se tiraban de los pelos, se miraban, atrapaban en la boca los vellos púbicos y los estiraban con los labios, adoptaban poses extrañísimas, se reían y se lloraban. Lo más refinado y lo más primitivo: un ángel, un rey, un bárbaro, un coyote. Cuando ese hombre se la cogía, ella sentía que había nacido para abrirse ante él, que los músculos de sus piernas se habían constituido nada más para apretarse contra su espalda flaca y succionarlo cada vez más dentro, como un tornado, más dentro, como una casa.

Ella sabía que mientras estaba boca arriba con el coño titilante, corriéndose a gritos, con los ojos en blanco y las piernas como pariendo, su marido estaba mostrando su verga vieja a sus pequeñas. No lo sospechaba, lo sabía. ¿Habría cambiado algo que ella estuviera ahí? ¿Hubiera podido ofrecerse, como un sacrificio, a cambio de sus niñas? Probablemente no. Pero tal vez después las niñas podían refugiarse en sus brazos, llorar su terror, creer por unas horas que mamá tenía algún poder, que eso no les volvería a pasar. Casi las imaginaba venir con sus piernecitas flacas y blancas de polvo, con sus tiernas entrepiernas ensangrentadas, con manchurrones de lágrimas en sus caritas morenas. Sí, podía estar ahí para consolar a sus hijas, pero ella ya no tenía opción: mientras su marido estuviera entretenido toqueteando a la grande y haciendo que la pequeña los observara, no pensaría en dónde estaba ella y por qué no había vuelto del campo y qué diablos pasaba con la comida.

La violencia era la única constante en su vida. La única certeza hora tras hora y día tras día. Lo infalible. Cuando ella descubrió el sexo en ese hombre, su sed se aplacó y se magnificó. Un día, con la garganta adolorida de haber gemido y gritado, se quedaron los dos tirados en el suelo y ella se lo dijo: mi marido hace cosas monstruosas con mis hijas mientras estoy aquí contigo. Él se levantó y con delicadeza de madre le limpió la vagina, las piernas amelcochadas, el pelo lleno de hierbajos. Luego la vistió y la calzó. Le dio un beso en la frente y salió sin mirar atrás.

Pasaron los días sin que él cantara como un ave que no era ave en su ventana. Sin él nadie decía su nombre y sin su nombre ella se sentía un espacio en blanco, un fantasma, un gasto inútil. Lo buscó entre la gente, en el mercado, a orillas del mar, en los prostíbulos donde los hombres la tocaban con los ojos. Preguntó y preguntó con la garganta cada vez más herida. Entró en los leprosarios y en los templos y en las tabernas con los bandidos. Lo buscó también afuera de la muralla, ahí donde los desterrados lloraban su llanto infantil y las brujas vendían sahumerios contra el mal de ojo.

Nadie lo había visto.

Su marido esperaba que ella estuviera dormida para colarse en la cama de las niñas. Una noche soñó con su hombre. Le sonreía, corría hacia ella, la tocaba por todas partes y ella se deshacía en sus manos, se convertía en agua, en luz, en viento. Se metía por sus ojos, por sus orejas, por su boca, por el ojo dulce de su verga, por el culo donde le daba besos de amor. Él la respiraba y la bebía. Se despertó en medio del orgasmo, empapada de jugos y lágrimas, casi loca.

A su marido lo encontró levantando la sábana bajo la que dormía la pequeña y se abalanzó sobre él con la idea de cortarlo en trozos, de cortarle la cabeza, los brazos, las piernas y también la verga asquerosa. Él la vio por el rabillo del ojo y la lanzó al suelo con todas sus fuerzas. La mancha de sangre fue creciendo en el suelo de tierra pisada y ella perdió el sentido justo cuando las niñas se echaban contra él.

Al despertar iba a lomos de un burro. Estaba atada de manos y pies. Atrás quedaba su pueblo, la tierra marrón y el sol dorado de su infancia y la casucha de pastores donde conoció a dios. Atrás quedaban también sus hijas, malheridas, casi muertas, al cuidado de las mujeres del templo.

Su marido llevaba una fusta en la mano e iba dando golpes al burro para que se apresurara cuando ella, desesperada de terror, se dio cuenta de lo que estaba pasando. Intentó gritar, pero él le había puesto una mordaza en la boca. Intentó soltarse, pero los nudos se apretaban si se movía. Él habló.

—Si miras atrás te va a pasar algo muy malo.

Sabía que allá se estaba quedando todo lo que le pertenecía, sus recuerdos, sus hijas, el tazón en el que tomaba el té y él, lo único vivo entre tanta muerte.

Entonces ella escuchó al ave que no era ave. Su canto fue como millones de luces estallando en la noche. ¿Cómo no vas a mirar cuando el cielo revienta con todas sus fuerzas sobre tu cabeza? ¿Cómo no vas a mirar cuando se te aparece dios?

Dio vuelta a la cabeza y ahí estaba él, su hombre, sonriendo y estirando la mano para que ella se la tomara.

—Te advertí que no miraras atrás.

Después de un gran calor en el corazón sintió que su cuerpo se le helaba desde dentro. El dolor era como un susto, se quedó inmóvil mientras la sangre de todo su cuerpo se iba cerro abajo, regresando, regresando.

LORENA

A Lorena Gallo

LA ANGELITA me dice te voy a presentar al hombre de tu vida y yo digo ¿otra vez? Que sí, que sí, está buenote y es perfecto para vos. Me pinto la línea del ojo dejando unos rabitos largos y me pongo lápiz de labios con brillos porque de esto, pienso, saco aunque sea unos besos. El tipo es gringo y a mí me gustan los gringos. Sí. Me gusta que huelan a jabón Pears y a detergente y a nada más, me gusta que tengan esos dientes tan blancos, perfectitos. Me gusta que sean un poquito bobalicones. Me gusta que paguen todo sin darle importancia. Me gusta que en la cama sean tan agradecidos, medio simples, pero agradecidos, que digan *god oh god* y se vengan una leche que tampoco huele a nada o tal vez un poco a Pears, a Tide. Me voy a coger al gringo. Me pongo una camiseta escotada, prieta, y unos levantacolas que compré por catálogo y que a mí, que soy normalita, me hace ver espectacular, un culazo.

Vamos a un mexicano porque los gringos, digan lo que digan, creen que todos somos mexicanos y que ahí estamos en nuestra casa y que con la comida mexicana nos ponemos calientes. *You sexy mama.* Después de tres jarras enormes de margaritas, nos ponemos a bailar y el gringo, que no es blandurrio como yo creía, sino que tiene una cara de morboso que no puede con ella y unos ojos verdes de diablura, desliza la mano por dentro del levantacolas y la tanga y me mete un poco el dedo para separarme las nalgas. Ay, qué gringo. Me encanta. Se parece al príncipe de los cuentos: tiene el pelo castaño, es blanquito, alto y está todo fornidote. Encima, es lanzado. Si no le quito la mano me desnuda aquí en medio de toda la gente que ya nos mira con desprecio y una señora mexicana hasta se persigna. Ni llegamos a la casa. En el carro mismo cogemos. Qué barbaridad de potencia, de tamaño, de grosor, de mañas. Ay, qué gringo. Sigue gringo, sigue, le digo y él *yes, yes, yes*, puro *yes*, puro *god* y ya los dos nos venimos hasta casi desmayarnos del placer. Borrachos de coger, nos miramos y nos reímos a carcajadas. Buen par de idiotas. Tal vez sí es el hombre de mi vida como dijo la Angelita.

En la casa de él seguimos. Cogemos como fieras, sin parar y chillando, toda la noche del sábado y todo el domingo. Me penetra y me come y me succiona y me sorbe y me empala y me lengüetea y me empotra hasta que pierdo la conciencia. Cuando llego a mi casa, el domingo por la noche, me miro al espejo: tengo los labios hinchados, los pezones mordidos, casi morados, y el cuello todo lleno de chupetones. Sonrío como una quinceañera. Me he enamorado del gringo cogedor. Pero fue puro sexo, Lore, no te va a llamar ni nada. Camino raro y la vagina me escuece: me desmayo de cansancio sobre la cama. El lunes después del trabajo hablo por teléfono con la Angelita. Grita de la risa y de la vergüenza. Puta, me dice, qué puta eres, Lore. La *roomate* la saca del departamento por bulliciosa y me cuenta que John le preguntó por mí, que quería volver a invitarme a salir, que sí, que le gusto mucho. Ahora la que grita soy yo. Bien fuerte, como loca, hasta que los vecinos dan puñetazos y empiezan a amenazar con llamar a la policía. Ya pues, *motherfuckers*, déjense de joder.

John y yo nos casamos ante unos pocos amigos. Su familia no está muy de acuerdo con que se case con una latina casi desconocida, una manicurista, una inmigrante *my god*, pero a él le importa un carajo. Me pongo unas flores rosadas en el pelo y él su uniforme militar azul. Lo quiero tanto cuando lo veo ahí en el altar, esperándome, tan gringo, tan alto, tan hermoso. El corazón me salta en el pecho. Una chica como yo, que vende cosméticos de puerta a puerta, que hace las uñas a mujeres con plata, nunca piensa que los sueños se le van a cumplir.

Una chica como yo siempre espera lo peor.

John me calienta como nadie en el mundo. Un hambre que se alimenta de hambre. Nuestra vida sexual es nuestra vida entera, nos sobra todo y todos, dejamos de ver televisión, de salir, de ver a la gente. Nos la pasamos cogiendo. Nunca un hombre me ha hecho sentir lo que me hace sentir mi gringo, mi John, qué bestia, mi sueño americano con verga.

No sé si a todas las mujeres les pasa, pero yo después de coger siento el amor vivito, como si pudiera estirar mis manos y agarrarlo y abrazarlo como a un globo de helio y salir flotando. A veces imagino que nos veo a los dos ahí abajo, sudados y brillosos de tanto sexo, y me encanta la imagen de mi cuerpo junto al suyo.

Nosotros, Lorena y John, John y Lorena, una sola cosa.

La Budweiser no puede faltar en casa. Parecemos auspiciados. Si falta un día por cualquier motivo a John le da la locura. Se pone rojo y me echa la culpa. Tú no piensas en mí. Agarra las llaves del carro y se va a comprar dos o tres paquetes de doce cervezas cada uno. Cuando dan fútbol americano en la tele se puede tomar veinte cervezas sin respirar.

Cuando una se levanta por la mañana nunca sabe que ese día va a ser el día en el que tu vida se va a la mierda. El día uno de todo lo demás. Si al menos se supiera, si estuviera encerrado en rojo como los días santos, podríamos anticiparnos, alejarnos, protegernos. Los días se suceden a las noches y, en medio de esa danza vieja como el tiempo, en la casa de una mujer se mete la oscuridad.

Yo lavo los platos. Él bebe. Se me ocurre decirle que baje un poco el ritmo, que lleva como diez latas en una hora. Se levanta del sofá, me estrella contra la pared y me escupe. Me dice que yo soy una estúpida latina y que una estúpida latina no le va a decir a él cuánta cerveza se puede tomar. Después agita una de las latas, la abre y la esparce por toda la cocina que yo acabé de limpiar. La espuma cae en los platos lavados, en las ollas que reflejan su cara de ira y mi cara de miedo, en los cuchillos, en mí.

Como un espíritu maligno que se queda en una casa y te sigue del baño a la habitación y luego al comedor, se queda ese hombre que no es el hombre al que yo amo. Como un fantasma, como un demonio, no se va más.

Cada vez que yo le hablo me imita y la voz que hace es la de una persona con problemas mentales. Hablas así, se ríe, hablas como una subnormal. Le respondo, le digo que pruebe él a hablar otro idioma, a ser extranjero. Me da una cachetada que me vira la cara, pone su manaza en mi cuello, me dice que él nunca va a ser extranjero porque los extranjeros somos unos perdedores y que si le vuelvo a contestar va a pegarme hasta que tenga que andar en silla de ruedas.

Dejo de hablar. Cada vez que tengo que decirle algo lo practico diez veces en mi cabeza y, cuando sale por mi boca, parece la voz enlatada de una profesora de idiomas. Él se ríe aún más. Eres una vergüenza, dice, pareces un animal amaestrado, y eres fea, feísima, cómo me fui a casar contigo. Si no fuera por mí, dice, andarías vendiéndote por la calle como todas las putas latinas en este país. Voy a hacer que te deporten, no eres nada, eres basura.

El hombre que me dice esas cosas en el salón viene a mi cama a dormir conmigo. Con diez, doce o veinte cervezas dentro, lo único que quiere es hacerme daño. Una mujer que juró amar a alguien ante sus amigos y ante dios no debería lavar las sábanas ensangrentadas de la cama matrimonial después de que su esposo le rompa sus orificios. Una mujer enamorada no debería tener que desinfectar heridas íntimas. Una mujer no debería llorar de miedo cada vez que su hombre se mete a la cama.

Está siempre tan borracho.

Al llegar del trabajo lo encuentro en el sofá con las latas de cerveza vacías. Su cara de gringo hermoso se ha convertido en una cara trastornada de ojos verdes, una cara que si se te apareciera en un callejón te paralizaría de terror. El callejón es mi cocina y el atacante lleva un anillo con mi nombre grabado en él.

No le digo nada a nadie. No quiero que odien a John, no quiero que me compadezcan, no quiero ser una divorciada porque me han dicho siempre que una divorciada es una pecadora. Tampoco quiero que llegue a oídos de mi familia que soy una de esas mujeres de las que he escuchado tantas veces, las que tienen maridos alcohólicos y violentos y aguantan las palizas porque aunque pegue, aunque mate, marido es, las que tras las gafas negras dicen me caí, las que explican una y otra vez, aunque nadie les pregunte, que el marido está bajo mucha presión.

Ninguna recién casada, con su vestido de volantes y sus flores en el pelo, cree que va a ser una de esas mujeres que dan que hablar, de esas sobre las que las otras comentan entrecerrando los ojos y negando con la cabeza, de aquellas cuyos nombres fueron reemplazados por la golpeada, la violada, la abusada, la asesinada.

Ninguna recién casada cree que va a ser otra cosa que feliz.

John me pega en la calle. Salimos del supermercado con las compras y nos cruzamos con un hombre. Él enloquece, dice que le he coqueteado, que cómo es posible que sea tan puta, que merezco que me mate, que fantasea con dispararme en el estómago y verme caer en cámara lenta al asfalto, con arrancarme el corazón mientras aún estoy viva y mostrármelo y comérselo. La gente en el parqueadero lo ve y lo escucha. Las palabras zorra, puerca, asquerosa, sucia flotan a nuestro alrededor como flechas de neón. Él, un hombre inmenso, me da un puñetazo en la cara y me tira al suelo. Nadie se acerca. Nadie dice nada. Sube al carro o te atropello, puta, me dice.

Casi todas las noches de verano hay fútbol. Él ha bebido, como siempre, hasta tambalearse y así, tropezándose con todo, viene a la habitación. Se desnuda y en la penumbra veo su erección, su verga que yo amé tanto, que acaricié como si fuera la carita de mi bebé, que puse en mi boca y succioné para alimentarme de él. Hace tiempo que no me ilusiona la idea de tenerlo dentro, de acunarlo con mi piel y envolverlo en mi carnecita húmeda hasta reventar los dos de placer. Cada vez que me viola recuerdo el asombro de las primeras veces, el canto de mi vagina, el clítoris como un corazón y toda esa melcocha caliente que él lamía y lamía hasta dejarme limpia como un cachorrito recién nacido. Éramos brillantes y ahora estamos llenos de sangre.

Levanta las sábanas y me arranca el calzón. Le digo que no, otra vez, que no. Le digo por favor, John, por favor y él se mete dentro de mí como un taladro encendido. No sé cuánto dura, pero el dolor me abre la carne como si me estuviera penetrando con fuego. Salgo de mi cuerpo para sobrevolarnos a los dos allá abajo, mujer y hombre, esposa y esposo, violada y violador, y pienso que ya no debería ver eso, que nadie debería ver eso.

Se duerme. Sangrando y chorreando su leche entre las piernas, me levanto. Camino a la cocina y en la oscuridad lo veo, brillando como la estrella de Belén, enseñándome el camino. Lo agarro fuerte del mango y vuelvo a la habitación.

FREAKS

MIRAR EL RELOJ. Ver la manecilla grande girar hasta llegar a las doce. Gritar llegaron las vacaciones. Correr a la camioneta familiar y trepar con cuidado. Esquivar los cocachos de los hermanos. Aguantar que digan marica, mariquita, maricón, maricueco, marinero, mariposa, mariposón, muerdealmohadas, soplanucas, meco, trolo, sopa, badea, puto, desviado, niña, choto, cueco, galleta, loca, hasta que se cansan. Levantar la cara y sentir el viento cambiar, hacerse más puro, más lindo. Oler el mar desde lejos y sonreír. Esquivar nuevos cocachos. Escuchar otra vez lo de por qué eres así, párate como hombre, qué es esa mano. Abrazar a la abuela. Comer el pescado recién muerto con el ojo aún brillante. Correr a la playa. Correr como un perro. Correr y correr con todo lo que dan las piernas. Lanzarse al agua. Dar grititos de alegría. Bañarse en la espuma. Sumergirse a lo más profundo. Aguantar la respiración tanto que parece que el aire ya no es necesario.

Bajar y bajar. Tocar las estrellas de mar, los corales, las tortugas marinas que pastan como vaquitas acorazadas. Rogar por un rato más en el agua antes de volver a casa. Resignarse. Secarse. Comer. Hacer la siesta. Despertar colorado de sol y calor. Visitar el pueblo con su circo y su mercado. Entrar a una de las carpas y ver por primera vez al cabezón. Arrugar la nariz del espanto de la mierda. Cubrirse la boca con el pañuelo. Aguantar la náusea que sube el pescado sin digerir hasta el pecho y llena los ojos de lágrimas. Mirar al cabezón, mirarlo bien. Ser mirado por él. Preguntar qué le pasa a ese niño, por qué tienen a ese niño entre los chanchos y la porquería de los chanchos, dónde están los padres de ese niño. Agarrar la mano de mamá con miedo. Bajar los ojos ante la mirada del cabezón. Volver a subirlos para encontrarlo llorando, extendiendo los bracitos a la gente que lo mira. Controlar la arcada cuando un chancho primero olisquea al cabezón y luego se hace caca casi sobre él. Espantar las moscas y los moscardones. Escuchar a mamá decir pobrecito y a papá decir qué bestia y a los hermanos puto asco ese monstruo. Insistir que hay que ayudarlo, llamar a la policía, llevárselo de ahí. Gritar. Entender que nadie, ninguno de los adultos que mira con asco al cabezón y se tapa la nariz con la mano, va a hacer nada. Ocultar las lágrimas al ver que el cabezón, después de llorar y berrear, dormita con su pulgar mugriento metido en la boca. Rabiar por ser demasiado joven para meterse en la porqueriza, levantarlo en brazos, llevárselo primero a bañar y luego a comer. Negarse a irse. Recibir un golpe en el hombro de uno de los hermanos y un empujón del otro. Volver a escuchar durante todo el camino a casa la retahíla que empieza con marica. Soñar que los chanchos se comen al cabezón, que el cabezón muerto le grita que por qué no hizo nada para ayudarlo, que lo persigue por la playa apenas sostenido por esas piernas ridículas al lado del tamaño de su cabeza, un niño cangrejo. Despertar bañado en sudor y temblando. Esquivar a los hermanos que lanzan golpes y preguntan si la niña se asustó por una pesadilla. Verlos hacer una imitación de lo que ellos creen que es una niña asustada. Callar. Levantarse al amanecer. Ayudar a la abuela con el desayuno. Recoger los huevos a pesar del vendaval de cacareos y plumas de las gallinas. Agradecer las monedas de la abuela. Desayunar mirando a cada uno de los miembros de la familia. Ver el pan desaparecer en segundos en las mandíbulas de sus hermanos. Ver la frente del papá, siempre tan llena de arrugas, detrás del periódico. Ver la forma tan triste con la que mamá sostiene la taza. Devolver la mirada a la abuela que sabe, que entiende, que le dice te quiero sin decir palabra. Correr al pueblo. Buscar al borracho que cuida la entrada del circo. Poner las monedas de la abuela en esa palma mugrienta. Temer a esa sonrisa negra y viciosa, a esa lengua que asoma, a esa mano rápida que lo quiere tocar. Entrar a la porqueriza donde duerme el cabezón. Espantar a los chanchos que se alejan gruñendo. Levantarlo en sus brazos. Sorprenderse de lo que poco que pesa. Acercarlo a su cuerpo. Sonreír. Huir del borracho que le grita que qué hace con el monstruo, que si le quiere hacer alguna cosa tiene que pagar más. Salir otra vez al sol con el cabezón en brazos como una madre orgullosa de su criatura. Alejarse del circo y del borracho que llama a gritos a los otros para que detengan al mariconcito que se está robando al cabezón. Correr hacia el acantilado susurrando que todo va a estar bien, que van a estar bien, que todo eso se va a acabar, lo feo, los chanchos, las miradas asqueadas de la gente, los coscorrones, el miedo. Llegar a la cima con la gente del circo pisándoles los talones, gritando qué haces, maricón estúpido. Mirar al cabezón que sonríe con su boca sin dientes y sus ojitos brillantes de pescado y que le dice sin hablar hermano, hermano. Lanzarse al mar. Sentir que durante la caída las piernas se juntan en una sola y que va creciendo, rápida y violenta, una cola que al chocar con el agua levanta una espuma iridiscente, cegadora de tan hermosa.

Esta tercera edición de
Sacrificios humanos
de María Fernanda Ampuero
se terminó de imprimir
el 30 de noviembre de 2022
◊